COMÉDIES,

PROVERBES,

PARADES.

TOME PREMIER.

par le Bon Ant. Marie Roederer et le Cte Pierre Louis Roederer

1824.

PRÉFACE.

L'AUTEUR A SES AMIS.

J'AI eu long-tems de l'occupation au delà de ce que j'eusse voulu en avoir afin que mes forces y fussent plus proportionnées; mais n'étant pas le maître de mieux établir cet équilibre au moyen d'une diminution d'occupation, il ne me resta d'autre ressource que de chercher à l'établir au moyen d'un effort dans le travail.

J'y réussis, à peu-près, parceque j'étais fort laborieux et que j'avais le succès fort à cœur.

Au milieu de cette grande activité, qui avait développé tout ce que la force de mon âge offrait de ressources pour y faire face, le travail cessa tout à coup.

Et l'oisiveté vint me saisir.

Dans les premiers instans qui suivent une

grande fatigue, l'oisiveté ressemble assez à du repos.

Mais l'erreur n'est pas de longue durée, et il se trouve bien vîte que c'est un supplice.

C'en a été un grand pour moi

L'habitude du travail était prise, et j'eus de rudes momens à passer avant d'avoir pu retrouver à placer mon capital d'activité, qui s'était si péniblement élevé au niveau du besoin d'alors, et que je retrouvais actuellement si fort au dessus des moyens d'emploi.

J'étais trop riche! Je ne pouvois dépenser la centième partie de mon revenu!

J'eus cependant le bonheur de me tirer de cette abominable situation et de rencontrer une occupation utile, qui ne peut jamais devenir une fatigue. Elle me laisse tout le tems que je puis désirer pour me livrer à mes études favorites, quelqu'inutiles qu'elles puissent m'être désormais, et à des travaux de littérature légers et agréables qui sont le véritable repos, dont la vile oisiveté ne

pourra jamais usurper la place dans des âmes
de quelque dignité, dans des esprits qui se
sentent quelque peu de hauteur, quelque peu
de fierté.

Voici quelques fruits de ces légères oc-
cupations.

Mon succès serait complet si mes amis,
à qui seuls je les offre, trouvaient dans
la lecture de ce petit recueil, comme moi
dans sa production, l'emploi agréable de
quelques instans de loisir.

L'Auteur.

MADEMOISELLE

DELAUNAY

A LA BASTILLE.

COMÉDIE HISTORIQUE EN UN ACTE.

NOTICE

SUR MADEMOISELLE DELAUNAY.

MADEMOISELLE Delaunay était de bonne
naissance, et avait reçu une éducation des
plus distinguées. Sa famille étant ruinée,
elle fut réduite, malgré de grandes protec-
tions, à entrer en qualité de simple femme
de chambre, chez madame la duchesse du
Maine. Cette princesse, petite fille du grand
Condé, avait épousé un des fils naturels
de Louis XIV et de madame de Montespan.
Ce roi avait non seulement légitimé ses fils
naturels, mais même les avait élevés à un rang
qui leur permettait de monter sur le trône,
en les assimilant aux princes du sang. Par
son testament, et dans l'espérance de sou-
tenir cet ordre de choses, le roi avait attri-
bué une grande puissance au duc du Maine,
l'aîné des princes légitimés, pour tout le
tems que devait durer la minorité de son

arrière petit fils, Louis XV. Mais le duc
d'Orléans qui se trouvait ainsi écarté du
rang auquel il prétendait en sa qualité de
premier prince du sang, revendiqua justement ses droits lors de la mort du roi; le par-
lement cassa le testament de ce monarque,
déclara le duc régent, (le testament ne
l'avait établi que chef d'un conseil de ré-
gence dans lequel il n'aurait eu que la voix
prépondérante.) et les princes légitimés, fruits
d'un double adultère que les loix ont toujours sévérement puni, que l'opinion a
toujours justement flétri, qu'un peu de pudeur faisait toujours soigneusement cacher,
mais que l'aveuglement paternel, uni à l'aveuglement que produit la toute puissance dans
un souverain absolu, avaient probablement
prétendu masquer en l'honorant d'une manière si étrange, si dégradante pour le trône,
si méprisante pour la nation, les princes
légitimés, dis-je, furent successivement abais-
sés à une condition plus conforme à l'hon-
nêteté, à la gravité des mœurs d'alors même,
à la dignité du trône, au respect dû à la

nation ! La fière duchesse du Maine, ainsi déchue, ne perdit pas courage et conspira continuellement pour faire replacer son mari au rang que la bienveillance paternelle lui avait assigné ; elle l'entraina malgré lui dans ses intrigues.

On devrait m'ôter mes habits et me mettre en jacquette, pour avoir consenti à me laisser mener par ma femme, écrivait-il lorsque le duc d'Orléans eut saisi sur un émissaire de l'ambassadeur d'Espagne des preuves des entreprises de la duchesse du Maine. Il la fit arrêter, elle et le duc, ainsi que plusieurs personnes de leur maison, parmi les quelles était mademoiselle Delaunay, dont l'esprit et le caractère avaient capté la confiance de sa maîtresse. Elle passa dix-huit mois à la Bastille, étonnant tout le monde par sa fermeté, son courage, et son esprit. De quelque manière qu'on s'y prit on n'en put rien tirer, ce qui donna beaucoup d'humeur à l'autorité et contribua à la faire rester en prison beaucoup au delà de ce qui aurait dû être. Lorsqu'enfin elle fut mise en liberté elle rentra près de la duchesse du Maine qui la traita alors avec une grande considération. Elle la fit dame de compagnie, et de sa maison d'honneur, après lui avoir fait épouser un gentilhomme, monsieur de Staal. C'est sous ce nom qu'elle a écrit des mémoires qui sont célèbres. Elle y raconte une aventure qu'elle eut à la Bastille avec le chevalier De Menil. C'est cette anecdote qui a donné lieu à la pièce qu'on va lire. Elle fut réellement enfermée dans sa chambre avec lui, comme on le dit ici. Cette liaison dura fort longtems à l'insçu des officiers de la prison, mais il ne l'épousa point, comme cela était convenu et comme cela aurait dû être. Cette pièce est tout à fait historique; même l'espèce d'intrigue que mademoiselle Delaunay eut dans le même tems avec monsieur le duc de Richelieu, qui fut mis à la Bastille pendant qu'elle y était; et même aussi la passion que monsieur de Maisonrouge, lieutenant de roi de la Bastille, conçut pour elle et dont il mourut lorsqu'elle partit.

L'événement se passe en 1720.

M. de Voltaire (dans une lettre à
M. Thiriot, en date des Délices, le 1er octo-
bre 1755.) s'exprime ainsi au sujet des mémoires de madame de Staal : « *J'ai lu les mé-*
« *moires de madame de Staal; elle paraît*
« *plus occupée des événemens de la femme*
« *de chambre que de la conspiration du*
« *prince de Cellamar. On dit que nous*
« *aurons bientôt les mémoires de mademoi-*
« *selle Rondet, fille suivante de madame*
« *de Staal.* » Dans une lettre à M.
le duc de Richelieu, (également écrite des
Délices, le 27 septembre 1755.) il s'en expri-
mait ainsi : « *A propos de petites choses,*
« *vous avez lu sans doute madame de*
« *Staal!* » Il n'en dit pas autre chose, que
je sache, et ces deux citations prouvent qu'il
ne faisait pas grand cas de cet ouvrage. Il
est concevable qu'un contemporain jugeât
sévérement la partie historique de ces mémoires, mais cette partie même a acquis par
le tems plus de valeur.

M. de Voltaire dit ailleurs (1) qu'il se con-

(1) Lettre à M. Thiriot du 21 janvier 1761.

firme de plus en plus dans l'opinion que les livres rares ne le sont que parce qu'ils méritent de l'être ! La fréquente réimpression de celui-ci prouve donc en sa faveur ; il a subi avec succès l'épreuve même que M. de Voltaire exige. Cela s'explique aisément ; en effet ; histoire à part, ces mémoires seraient encore fort intéressants, ne fut-ce qu'en qualité de roman bien écrit. Ils sont fort spirituels et fort agréables à lire. M. de Voltaire estimait Gil-Blas, pourquoi refuse-t-il son estime à un livre, qui, considéré comme renfermant des peintures de mœurs et de situations de la vie, a autant de mérite, au moins, que Gil-Blas, et qui a de plus, celui de n'être point une fiction, de peindre des mœurs vraies, de faire connaître des personnages importans et de se rapporter à une époque intéressante ?

« Reçu le petit livre royal : de Moribus brachma-
« norum *Me voilà plus confirmé que jamais dans*
« *mon opinion, que les livres rares ne sont rares*
« *que parce qu'ils sont mauvais !*

MADEMOISELLE
DELAUNAY
A LA BASTILLE.

PERSONNAGES.

Mademoiselle DELAUNAY, de la maison de Madame la duchesse du Maine.

Le Chevalier DE MENIL, prisonnier d'État.

M. DE MAISONROUGE, lieutenant de Roi de la Bastille.

LOUISE, fille d'un porte-clefs de la Bastille.

La scène est dans la chambre occupée par Mademoiselle Delaunay, en 1720.

————

MADEMOISELLE
DELAUNAY
A LA BASTILLE,

SCÈNE PREMIÈRE.

Mlle DELAUNAY (*seule, assise à une table et travaillant à ses mémoires.*)

C'EST aujourd'hui le second anniversaire de ma détention à la Bastille!.... C'est bien sévère à vous, M. le Régent!.... Et cependant vous passez pour un prince d'un caractère doux et humain! Ce qui m'arrive pourrait faire croire le contraire à des gens qui ne connaîtraient pas la cour comme moi; car depuis long-tems vous vous êtes racommodé avec madame la duchesse du Maine, et moi pauvre fille, qui n'avais point à raisonner, et qui n'avais qu'à exécuter quelques ordres, peu importans, de cette grande dame,

2

je suis encore détenue comme sa complice!.... A la vérité les grandes rigueurs de la prison se sont fort adoucies, et l'espèce de liberté dont je jouis actuellement rend ma condition plus tolérable... La moindre amélioration dans un si grand et si long ennui, parait un grand bienfait!... On jouit à peu de frais, quand les plaisirs sont si ménagés !.. En cherchant à m'expliquer ma position, il me semble que je ne suis encore ici que pour faire croire à la multitude qu'il y a eu en effet de grands coupables dans la prétendue conspiration de madame la duchesse, et pour tâcher, par ce moyen, d'éviter qu'on ne reconnaisse et qu'on ne reproche à monseigneur le Régent que tant de bruit, tant d'éclat, n'avait qu'un prétexte apparent, qui cachait une véritable ambition bien facile à deviner !.... Madame la duchesse et monsieur le duc se sont humiliés, et sont rentrés dans un rang où le Régent n'a plus rien à en craindre. Voilà ce qu'on voulait et ce qu'on a obtenu, d'elle, par l'horreur de la prison et l'ennui de la solitude; et de lui, par un effet de sa pusillanimité. Tout est accommodé, tout est arrangé là haut! Mais moi, je suis sacrifiée!.... Voilà bien les grands!.... Ingrats, qui ne comptent les petits, que pour la place qu'ils peuvent occuper dans les combinaisons de leurs intérêts, de leur ambition, de leur amour propre!... Aussi je prends ma revanche!... Je dévoilerai toutes ces turpitudes dans mes mémoires!.... J'en ai écrit quelques bonnes pages aujourd'hui.... Le second retour de ce triste anniversaire, m'a donné un redoublement de mauvaise humeur!... On m'avait fait espérer, récemment encore, de sortir bientôt, mais je perds l'espérance!.... Ah! ah! tu viens bien tard aujourd'hui, Louise!

SCÈNE II.

Melle DELAUNAY, LOUISE (*apportant quelques petits objets pour Melle Delaunay.*)

LOUISE.

Ah! mademoiselle, ce n'est pas ma faute je vous l'assure! Depuis que vous habitez cette partie du château, où l'on a tant de liberté....

Mlle DELAUNAY.

Tant de liberté, mon enfant! tant de liberté! Es-tu folle?

LOUISE.

Eh! mais vraiment, en comparant votre existence actuelle avec celle que vous aviez, dans le donjon que vous occupiez auparavant, on trouve nne belle différence, ce me semble!

Mlle DELAUNAY.

Ah! si c'est ainsi que tu l'entends, je dois convenir que tu n'as pas tout-à-fait tort! Il est vrai que les heures de la promenade...

LOUISE.

Et puis, vous pourriez, si vous le vouliez, dîner tous les jours avec tous ces messieurs à la table de M. le Gouverneur! C'est un avantage qu'on n'a pas dans les autres donjons!

Mlle DELAUNAY.

C'est vrai! Et je regrette d'avoir d'abord refusé cette distraction, que je jugeais peu convenable, étant la seule femme à cette table.

LOUISE.

Et ces messieurs logés ici, ont beaucoup de tems pour se réunir, jouer, se promener! Oh! Quelle différence avec les autres donjons! On est dans celui-ci comme dans une maison de campagne! Les clefs sont sur les portes plus des trois quarts de la journée; mon père ne vient les retirer que le soir! Enfin, on a si bien de la liberté ici, que c'est ce qui fait que je n'arrive pas toujours à votre chambre aussi vite que je le devrais!

Mlle DELAUNAY.

Comment donc cela?

LOUISE.

Certainement! Il ne me faudrait pas trois minutes pour venir de la chambre de mon père ici, et je suis quelques fois plus d'une demie heure.

Melle DELAUNAY.

Ah! ah!

LOUISE.

Ce n'est pas ma faute, mademoiselle! Je

fais tout ce que je peux pour venir vite!
Mais bah! Ces messieurs savent l'heure à la
quelle je viens, et j'en trouve presque toujours quelqu'un à m'attendre dans les pas-
sages! Ah! Si mon père le savait, ils seraient
bien grondés! Car il gronde si fort mon
père! Mais je suis trop bonne moi, et je ne
dis rien pour ne pas leur faire de peine!
Tenez, aujourd'hui par exemple, c'est M. le
duc de Richelieu, notre nouveau prisonnier
qui m'a arrêtée. Il ne voulait pas me laisser
passer; il m'a dit mille fois que j'étais bien
jolie! qu'il m'aimait! qu'il m'adorait! puis il
voulait m'embrasser! Je lui laisse dire tout
ce qui lui plait, cela m'amuse et lui aussi!
Mais quand il veut m'embrasser, ah! c'est
une autre affaire! Je me sauve bien vite!
Aujourd'hui il a couru plus vite que moi,
et c'est ce qui fait que je suis si retardée!

Mᵉˡˡᵉ DELAUNAY.

Ah! Ah! Eh bien! Tu n'as pas l'air trop
effarouchée, au moins!

LOUISE.

Non, mademoiselle, je ne le suis pas

du tout ! Au contraire, car il a été fort
aimable ! Voyez ce qu'il m'a donné. (*Elle*
montre une bourse.) Je ne sais pas combien
il y a ; je n'ai pas compté ; mais assurément c'est bien suffisant pour payer le port
de la petite lettre que voici, qu'il m'a donnée pour vous !

Melle DELAUNAY.

Une lettre pour moi ! Ah ! M. de Richelieu, vous ne perdez pas de tems !... Depuis trois jours ici... Depuis deux, nous
nous voyons par la fenêtre.....Aujourd'hui
une lettre !... Il ne me regardait pas chez
madame la duchesse !... A la vérité il y
trouvait plus de distraction qu'ici ! !

LOUISE.

Tenez, mademoiselle, prenez la lettre, il
attend la réponse ! si vous voulez me la donner, je la lui remettrai par dessus le marché !
Il ne faut pas être intéressée !.. C'est vilain !

Melle DELAUNAY.

Voilà qui commence bien !... En prison...
On s'amuse de tout... Je ne sais si cette

lettre me donnerait beaucoup de colère dans
une autre circonstance.... Mais ici.... C'est
bien différent.... Il me paraît d'ailleurs que,
sans me compromettre, je puis bien lire....
Sauf à ne pas répondre... Ou à répondre de
manière... Et le chevalier !.. Ah, le chevalier,
s'il venait à savoir !... Et le duc de Richelieu n'est pas homme à laisser ignorer !....
Il serait désespéré, furieux !... Sa peine m'en
ferait une trop vive !.. Eh bien, je ne répondrai
pas !.. Mais lisons toujours !.. Une lettre du duc
de Richelieu !... Elles ont enlevé bien des cœurs
ces lettres là !... Oh ! Mais c'étaient des cœurs
qui n'étaient pas déjà sérieusement pris ailleurs, et le mien est trop sincèrement occupé...

LOUISE.

Mademoiselle, lisez donc vite, je vous en
prie ! je suis si curieuse de savoir ce qu'il
vous dit !

Mlle. DELAUNAY.

Réflexion faite, il vaut mieux ne pas la
recevoir... Tiens, Louise, je ne la veux pas ;
rends la lui. C'est le plus sûr ! Ces sortes de
lettres sont trop dangereuses !

LOUISE.

Ah! mon dieu, mademoiselle, comme il
sera fâché! Je n'oserai jamais lui faire
cette peine là ; je n'aurai jamais le courage
de lui rendre sa lettre! Le pauvre jeune
homme! Il ma dit qu'il vous aimait presqu'autant que moi, et que c'était pour vous
le dire qu'il vous écrivait!

Mlle DELAUNAY.

Il t'a dit cela?

LOUISE.

Oui, mademoiselle! Mais je ne le crois
pas! Ces grands messieurs, on dit qu'il ne
faut pas les croire comme cela, au premier
mot! Il n'y a pas assez long-tems qu'il me
le dit! Ce n'est pas comme monsieur le
chevalier De Ménil! c'est un secret au moins,
n'en parlez pas, mademoiselle! Ah! pour
celui là, c'est une autre affaire! Je le crois
bien lui! Monsieur le duc est fort aimable aussi;
mais comme j'aimais dejà monsieur le chevalier, et qu'il n'en faut pas aimer deux à
la fois, à ce qu'on dit, j'attendrai que je

20

n'aime plus monsieur le chevalier, pour aimer monsieur le duc!

Melle DELAUNAY.

Comment! comment! mais j'apprends là de fort jolies choses vraiment!... Comment mademoiselle, monsieur le chevalier vous dit aussi qu'il vous aime!

LOUISE.

Oui, mademoiselle! Oh! il y a bien long-tems que nous nous aimons! Il m'a même promis de m'épouser quand il sera en liberté! Oh, celui là il est sincère! Je m'y fie plus qu'à monsieur le duc, qui m'a l'air d'avoir _urieusement_ de malice!

Melle DELAUNAY (*à part.*)

Ah! chevalier, chevalier! Vous me le payerez! (*Haut.*) Donne la lettre, mon enfant, donne, que je la lise et que j'y réponde (*Elle lit.*)

LOUISE.

Ah! que j'aurai de plaisir à porter la réponse à M. le duc! Il sera si content qu'il voudra encore m'embrasser, je parie!

Oh! mais pas de ça! Je n'aime encore que
M. le chevalier, tout seul!

Mlle DELAUNAY (*après avoir lu.*)

Voilà donc une de ces lettres, qui ont
troublé tant de cœurs!!... Le mien aussi
est troublé! Mais ce n'est pas par cette lecture! L'indigne chevalier se joue de moi!..
C'est sa légèreté qui me révolte! Je veux me
venger... Sans cependant le désespérer...
Car s'il m'aime réellement, il serait trop
malheureux, et son malheur ferait le mien!
Je veux seulement l'inquiéter un peu, pour
reconnaître, le fond de son cœur, et juger
s'il est encore digne du mien. Pour bien
répondre, lisons encore : « *Mademoiselle,*
« *ce que la renommée publie de la fierté*
« *de votre caractère, de la hauteur de*
« *votre esprit, de votre noble fermeté, de*
« *votre généreux dévouement à vos amis,*
« *m'a inspiré une vive admiration! Ce que*
« *je connaissais déjà de votre grâce, de*
« *votre beauté; ce que j'en ai revu ces*
« *jours derniers, m'ont inspiré un violent*
« *amour! Je serai bien heureux, le jour où*

« vous me permettrez de croire que vous
« en agréez l'hommage.—Richelieu. »

LOUISE.

Ah! que c'est bien dit! il semblerait qu'ils
parlent autrement que nous, ces beaux messieurs là! Jamais Jacques ne m'aurait écrit
ainsi! Il m'aurait dit... là... tout bêtement :
je t'aime bien! m'aimes tu? marions nous!
là.. ne voilà-t-il pas un beau discours?..
Tout le monde en peut dire autant!

Mlle DELAUNAY.

Toute autre pourrait céder à la magie de
paroles si flatteuses! Ce billet est de bon
goût! Il est digne de celui qui l'écrit! Il
me flatte assurément, parce que je crois
mériter une bonne partie de ces complimens! Il m'en coûte assez cher pour avoir
cette vanité!!.. mais trop faible pour le
chevalier, je ne puis être touchée de l'a-
mour de M. de Richelieu, en supposant
même que je puisse ne pas soupçonner sa
légèreté accoutumée, et l'occasion actuelle,
de le diriger en tout ceci! D'ailleurs, à quoi

tout cela me mènerait-il? C'est une folie, même d'y songer un seul instant! Il ne faut répondre que pour inquiéter le chevalier, que j'aurai soin d'en faire informer, afin de le punir de sa conduite. Il me sera facile d'ailleurs d'écrire de manière à ne rien engager. Ecrivons!

LOUISE.

Oui, oui, mademoiselle; écrivez, écrivez! Dites lui aussi de beaux complimens, bien tournés, comme il vous en écrit!... Parlez lui aussi de la fermeté de son... de son... admiration! et puis de l'esprit... de sa fierté!.. et puis encore du caractère... de sa hauteur! enfin de toutes les belles choses qu'il vous dit! Car il faut être polie! Mon dieu, que je serais heureuse, de recevoir un billet comme celui là!.. J'apprendrais bien vite à lire pour savoir ce qu'il y a dedans, et à écrire pour y répondre tout de suite! Oh! je n'hésiterais pas moi! Je ne ferais pas attendre si long-tems!

Melle DELAUNAY (*lisant.*)

« *Monsieur le duc, je suis aussi sensible*

« qu₊ je le dois à l'approbation que vous
« voulez bien donner à ma conduite, qui
« cependant n'a rien que de bien simple,
« *et* de bien naturel, et je vous en re-
« mercie bien sincèrement ! *Mon ambition*
« *et mon espérance, sont de mériter toujours*
« *la flatteuse approbation et l'estime d'un*
« *juge aussi distingué.* »

LOUISE.

Voilà ce que c'est, mademoiselle, c'est
joliment tourné ! Je vais tâcher de retenir
cela, ça pourra me servir à l'occasion ! Il
va être bien content de cette réponse,
M. le duc*!*

Melle DELAUNAY.

Tu crois*!* (*à part.*) Moi j'en doute fort*!*
Ce n'est pas là le stile qu'il aime à rencontrer dans les lettres que les femmes lui
écrivent*!* Vienne à présent le Chevalier*!*
(*Haut.*) Tiens, porte cette lettre*!*

LOUISE.

Merci, mademoiselle *!* A revoir *!* A tantôt *!*

SCÈNE III.

Mᵉˡˡᵉ DELAUNAY (*seule.*)

Ah ! chevalier, chevalier ! Vous êtes bien
heureux que je puisse soupçonner, qu'il ne
s'agit ici que d'une de ces petites intrigues
subalternes, qu'il faut traiter avec indulgence,
et que messieurs les hommes s'imaginent pouvoir entretenir sans conséquence, parce que,
dit-on, elles sont en effet sans conséquence
la plupart du tems ! Cela peut être ; mais
cela n'en est pas moins outrageant pour une
âme honnête et sensible !... Ah ! j'entends
le commandant ! Cet excellent homme est digne
de toute estime ; mais c'est un grand malheur qu'il se soit mis en tête que je pouvais
l'aimer ; et il tient pour ingratitude de tout
ce qu'il fait pour moi, l'impossibilité où je
me trouve d'accepter l'offre de son cœur et
de sa main !... Ah ! bonjour ! mon cher commandant !

SCÈNE IV.

Mlle DELAUNAY, M. DE MAISONROUGE.

M. DE MAISONROUGE.

Mon cher commandant ! Mon cher commandant ! La journée commence bien aujourd'hui ! Ah ! Mademoiselle, que vous êtes bonne de vous exprimer ainsi ! pourvu que tout à l'heure votre langage ne vienne pas à changer encore !

Mlle DELAUNAY.

Cela dépend de vous ! Lorsque vous pouvez recevoir tranquillement les expressions de ma reconnaissance, pour tous les bons et généreux procédés dont vous usez continuellement à mon égard, je m'y livre avec empressement !

M. DE MAISONROUGE.

Ah ! Mademoiselle, je suis si heureux lorsque....

Mlle DELAUNAY (*avec embarras.*)

Mais lorsque vous voulez y voir du retour

pour un sentiment... que je regrette de ne pouvoir partager... vous me navrez, et je m'arrête involontairement et malgré moi.

M. DE MAISONROUGE.

Ah! Mademoiselle, vous me faites bien de la peine! Je suis bien malheureux! Mais le plaisir que j'éprouve à vous obliger est déjà une grande récompense pour moi. Vos rigueurs ne m'ont jamais rien fait changer à mes manières.

Melle. DELAUNAY.

Je le sais! Cela est bien vrai!

M. DE MAISONROUGE.

Je n'ai jamais mis aucun prix à tout ce que j'ai pu faire pour adoucir la rigueur de votre captivité, à une époque où une grande sévérité n'eut été qu'un devoir! Ma bibliothèque, cette singulière correspondance que je vous ai facilitée avec l'aimable chevalier de Ménil, qui ne vous connaissait que par mes rapports, et qui mourait d'envie de vous voir, l'étrange entrevue que je vous ai ménagée avec lui, tout cela vous a été d'une agréable distraction...

Melle DELAUNAY.

Aussi je suis pénétrée de toutes vos bontés, mon cher commandant.

M. DE MAISONROUGE.

Actuellement, vous n'avez plus besoin de moi; vous voilà quasi en liberté. A tout moment vous devez vous attendre à sortir. Vous m'aurez bientôt oublié!

Melle DELAUNAY.

Ah! jamais, jamais, mon cher commandant! Je vais bientôt sortir dites-vous? Mais voilà plusieurs mois que l'on me berce de cette espérance, et des mois sont des siècles en prison; dans celle-ci même, quoiqu'en effet on n'y soit pas aussi rigoureusement traité qu'ailleurs. Qui sait quand cela finira?

M. DE MAISONROUGE.

Cela ne peut tarder, assurément, puisque vous êtes la seule personne de la maison de madame la duchesse, qui soit encore détenue pour ses affaires, et cela pour l'honneur que vous avez mis...

Melle DELAUNAY.

Ne parlons plus de cela!.. Et pour le chevalier, n'y a-t-il rien de nouveau? Il espère aussi depuis long-tems.

M. DE MAISONROUGE.

Sans doute ! A tout instant on attend l'ordre de le mettre en liberté. Vous aurez, je crois, quelque plaisir à vous retrouver dans le monde ensemble, après les singulières relations que vous avez eues avec lui pendant dix-huit mois, sans vous être jamais vus qu'un instant, à vingt pas de distance, et sans vous parler!.. Ça été une grande affaire que de combiner cette entrevue!.. Il fallait tout mon dévouement... Et cette étrange correspondance entretenue sous mes auspices!.. Quelle bizarrerie!

Melle DELAUNAY.

L'idée n'en viendrait assurément pas ailleurs; mais en prison, ça été un grand bonheur pour lui et pour moi que de pouvoir nous écrire, même sans nous connaître. Aussi je n'oublierai jamais...

M. DE MAISONROUGE.

Ne parlons plus de cela, mademoiselle ! Je suis venu prendre vos ordres. Quels livres, quels papiers voulez-vous ? Y a-t-il quelque lettre pour le chevalier aujourd'hui ?

Melle DELAUNAY.

Je n'ai pas encore achevé ceci... Demain on vous reverra j'espère, à l'heure accoutumée ?

M. DE MAISONROUGE.

Sans doute ! Permettez moi de vous parler encore une fois d'une chose sur laquelle je suis déjà revenu à plusieurs reprises : Je ne conçois pas bien pourquoi vous vous refusez à la plus agréable distraction que vous puissiez avoir ici. Permettez moi de vous dire que personne ne juge que vous ayez raison de répugner à accepter la table de M. le Gouverneur, par le motif que vous y seriez la seule femme. L'usage le permet ici.

Vous pourriez y avoir quelqu'agrément. Vous y verriez le chevalier tout à votre aise! Vous y verriez quelqu'un qui se dit de vos anciens amis, qui vous a vue chez madame la duchesse du Maine, M. le duc de Richelieu, notre nouvel hôte! Mais celui-là ne nous restera pas long-tems : un si grand seigneur qui n'est envoyé ici que pour quelques peccadilles, n'y est pas long-tems oublié! Toute cette société vous serait agréable, et il ne tient qu'à vous d'en jouïr; voulez-vous me charger de dire que vous acceptez?

Melle DELAUNAY.

Eh bien! volontiers... Je conçois qu'en effet j'ai jugé cela un peu sévèrement d'abord. Arrangez tout pour demain!

M. DE MAISONROUGE.

Bien, bien, mademoiselle, nous vous verrons tous avec grand plaisir! Cela va mettre de la joie et du bonheur dans l'existence de tout notre monde. Mais ce ne sera pas pour long-tems; vous avez bien mérité de sortir promptement! Adieu, mademoiselle, à demain!

SCÈNE V.

Melle DELAUNAY (*seule.*)

Il ne se doute guère, le bon commandant, que j'ai le plaisir de voir le chevalier tous les jours, et de passer des heures entières avec lui! Il nous croit toujours réduits à cette correspondance dont il veut bien être le porteur, et qui, entreprise d'abord par désœuvrement et sans nous connaître, est devenue si singulièrement piquante, depuis que nous étant vus une fois sous ses auspices et ayant ensuite réussi à nous voir tous les jours à son insçu, nos lettres à double entente, ont acquis tant d'intérêt. Mais voici bientôt l'heure où le chevalier me rend sa première visite. Il ne doit plus tarder à venir. Il me semble qu'en effet je l'entends! Oui, le voici !

SCÈNE VI.

Mlle DELAUNAY, LE CHEVALIER.

LE CHEVALIER (*accourant.*)

Mademoiselle, mademoiselle ! On m'écrit

que je vais être en liberté, mais je réponds pour qu'on emploie tout le crédit de mon oncle, sous un prétexte quelconque, afin qu'on me laisse ici autant que vous. Cela sera facile, je pense, d'obtenir la grâce de rester!

Melle DELAUNAY.

Quelle folie, chevalier, qu'elle folie! Il faut que vous sortiez. Votre procédé me touche, comme vous devez le croire; mais je ne puis souffrir que vous me fassiez ce sacrifice. Il faut que vous sortiez, vous dis-je! Vous pourrez même alors employer vos amis à me faire obtenir promptement ma liberté. Vous irez chez madame la duchesse; je sais son cœur excellent; il ne faudra que me rappeler à son souvenir, elle oublie facilement! Vous la presserez, elle ne pourra vous refuser. Il suffira sans doute qu'elle écrive une lettre pressante à monsieur le Régent! Je suis plutôt oubliée ici, que condamnée à y rester, croyez bien cela, puisque toute l'affaire est accommodée depuis long-tems, et que je reste seule en prison. Allez, chevalier; et vous voyez qu'en m'obéissant actuellement, vous hâterez l'heureux moment de notre réunion.

LE CHEVALIER.

Non, non, je reste! Je pourrai facilement faire agir mes amis d'ici. Je ne veux pas vons abandonner. (*à part.*) Diable, je n'ai garde! Richelieu est là haut qui rôde dans la maison! Ce n'est pas le moment de quitter; il trouverait peut-être aussi bien que moi le chemin de cette chambre; il n'y a pas à plaisanter avec lui! (*Haut.*) Je reste! J'ai mes raisons pour cela! Je ne veux pas vous quitter un instant!

Melle. DELAUNAY.

(*A part.*) Ah! Ah! La petite Louise! (*Haut.*) Vous restez absolument, Chevalier? Vous ne voulez pas vous rendre à la raison que je vous ai dite?.. Ce sacrifice...

LE CHEVALIER.

Je vous assure que vous insistez inutilement. D'ailleurs le prétendu sacrifice que je vous fais est bien pen de chose, puisqu'il est certain que vous ne pouvez rester encore ici que quelques jours au plus.

Melle DELAUNAY.

Parlez moi franchement, Chevalier, dois-je seule me charger de la reconnaissance que mérite uue si généreuse action?

LE CHEVALIER.

Je ne vous comprends pas, mademoiselle; que voulez vous dire?

Melle DELAUNAY.

Vous ne comprenez pas, Chevalier? Ah! vous feignez de ne pas comprendre! Cependant, je suis certaine que je ne suis pas la seule ici, à qui vous témoignez de l'intérêt.

LE CHEVALIER.

Est-il possible? Comment pouvez - vous croire?.. Qui a pu vous dire?.

Melle DELAUNAY.

Elle même!..

LE CHEVALIER.

Elle même? Qui?

Melle DELAUNAY.

Cherchez bien!.. Trouvez-vous?

LE CHEVALIER.

Non en vérité, je vous jure...

Melle DELAUNAY.

Ah! ne jurez pas! Ce serment-ci me ferait trop douter de tous les autres!.. Ménagez vous quelque ressource!

LE CHEVALIER.

Au nom de dieu, mademoiselle, expliquez vous!

Melle DELAUNAY.

Ce matin, Louise me disait...

LE CHEVALIER.

Louise ?..

Melle DELAUNAY.

Oui, Louise, me disait tout naïvement, que vous lui juriez de l'épouser, et que ce manège durait depuis fort long-tems.

LE CHEVALIER.

Quelle folie? Quel enfantillage? Avez-vous pu croire ?..

Melle DELAUNAY.

Sans doute, j'ai cru cette petite fille, naïve, sans intrigue, de bonne foi, qui ne soupçonnait guère le tort qu'elle vous faisait, et la douleur dont elle m'accablait !

LE CHEVALIER.

Est-il possible, que vous attachiez quelque prix à une simple plaisanterie? Quelle vraisemblance que j'aye tenu un tel discours? que cela soit sérieux? Pouvez-vous y prêter un instant d'attention?

Melle DELAUNAY.

Certainement, pourquoi donc pas?

LE CHEVALIER.

C'est que...

Melle DELAUNAY.

Eh bien, c'est que?..

LE CHEVALIER.

C'est que je... je ne peux pas vous le dire !..

Melle DELAUNAY.

Qu'est-ce donc que vous ne pouvez pas dire?

LE CHEVALIER.

Eh bien! C'est que... C'est une pure plaisanterie... un enfantillage... qui ne m'empêche pas de vous aimer avec passion!.. Cela n'y fait rien je vous jure!..

Melle DELAUNAY.

Ah! je comprends!

LE CHEVALIER.

Vous comprenez?

Melle DELAUNAY.

Mais... je crois que oui!

LE CHEVALIER.

Ah! Ah!

Melle DELAUNAY.

Cela vous surprend?

LE CHEVALIER.

Mais... non... fort peu... cependant..,

Melle DELAUNAY.

Cependant, c'est tout simple... Je conçois en effet... Quoique vous m'aimiez avec passion... Que vous avez du plaisir à tourmenter cette petite fille, à la tromper, à lui troubler le cœur... car moi... voyez-vous ? Moi...

LE CHEVALIER.

Eh bien, mademoiselle, vous ?

Melle DELAUNAY.

Oui... moi... quoique je vous aime tendrement... eh bien, cependant !..

LE CHEVALIER.

Que voulez-vous dire ?.. Cependant ?..

Melle DELAUNAY·

Cependant... cela n'empêche... pas... que... j'écoute avec bien du plaisir les complimens que m'adresse..

LE CHEVALIER.

Des complimens ?.. Qui donc ?

Melle DELAUNAY.

Le voisin... là haut... le duc de Richelieu...

LE CHEVALIER.

Comment le duc de Richelieu ? Il vous parle ? (*A part.*) Ah ! mon dieu nous y voilà ! Je suis perdu !.. (*Haut.*) Est-ce qu'il vient aussi vous voir dans votre chambre ?

Melle DELAUNAY·

Ah! mon dieu, non! Malheureusement!.. ce n'est que de sa fenêtre à la mienne!

LE CHEVALIER (*à part.*)

Ah! Je respire!

Melle DELAUNAY.

Eh bien! qu'avez vous donc ?

LE CHEVALIER.

Oh rien!.. Mais c'est quelque chose de beau que j'apprends là, mademoiselle ! Comment, vous écoutez les douceurs que vous dit M. de Richelieu! Et vous avouez que vous y avez du plaisir!

Melle DELAUNAY.

Assurément... Quel mal y a-t-il ?

LE CHEVALIER.

Mais c'est affreux ! peut-on se jouer ainsi de ma tendresse? Vous ne m'aimez donc plus ?

Melle DELAUNAY.

Oh, mon dieu, si fait; beaucoup même!

LE CHEVALIER.

Mais cependant, quand on aime, on ne doit pas se laisser courtiser, y trouver du plaisir, y répondre!

Melle DELAUNAY.

Mais vous-même, monsieur, qui m'aimez tant, dites-vous, quel plaisir trouvez vous donc à faire la cour à cette petite fille?

LE CHEVALIER (*embarrassé.*)

Ah! c'est bien différent!..

Melle DELAUNAY.

C'est bien différent? Comment cela?

LE CHEVALIER (*plus embarrassé.*)

Sans doute!.. Parceque... Voyez-vous?.. Cette petite fille... quand je lui dis... que je... un simple badinage... alors... cela... ne signifie... et puis, je plaisante... cela ne me compromet pas!.. Vous comprenez bien la différence! Mais vous! O ciel! que c'est différent!

Melle DELAUNAY

J'écoute.. mais je ne comprends pas un mot!

LE CHEVALIER

Est-il possible ? Quoi, vous ne saisissez pas ?

Melle DELAUNAY.

Pas une syllabe, je vous jure !

LE CHEVALIER.

C'est singulier !.. C'est cependant bien clair !.. Quoiqu'il en soit, je suis furieux, mademoiselle ! Comment, monsieur le duc de Richelieu ?..

Melle DELAUNAY.

Eh bien ! il faut donc que je sois furieuse aussi moi ? Car enfin... monsieur le duc de Richelieu !.. Il est vrai !.. Mais cette petite fille ! (*On entend sonner une grosse cloche.*) Ah ! Monsieur, sauvez vous ! Voilà l'heure du dîner ! On va venir !

LE CHEVALIER.

Adieu, mademoiselle, à tantôt... Je veux une explication !.. (*A part en sen allant.*) Ah ! ah ! voilà pourquoi on voulait que je sortisse sur-le-champ de cette maudite prison ! Je comprends ce tendre empressement !

SCÈNE VII.

Mlle DELAUNAY (*seule.*)

Je n'ai pas été fâchée de le tourmenter un peu; mais franchement, je crois plus à une légèreté qu'à quelque chose de grave. Le Chevalier m'aime assurément, et je compte tout-à-fait sur lui.

SCÈNE VIII.

Mlle DELAUNAY, LOUISE.

LOUISE.

Mademoiselle, voici votre dîner! Vous ne devez guère avoir d'appétit, faisant si peu d'exercice. Pour moi qui en fais beaucoup, et que ces messieurs font joliment courir, j'ai bien faim, je vous assure! A propos de ces messieurs, vous avez donc changé la lettre que vous aviez écrite à M. le duc de Richelieu, mademoiselle?

Melle DELAUNAY.

(Non pas)... Pourquoi donc cette question?

LOUISE.

Mais, c'est que je vous avais entendu lire
tantôt une belle lettre, très-polie, très-jolie,
qui devait lui faire tant de plaisir, et celle
que je lui ai remise l'a mis au désespoir,
à ce qu'il disait ! et en effet il avait l'air
si faché ! il se promenait à grands pas ! et
il m'a laissé partir sans chercher à m'embrasser ! c'est la première fois que cela lui
arrive depuis qu'il est ici. Je ne comprends
pas comment une lettre si honnête, a pu lui
donner tant de chagrin !

Melle DELAUNAY.

Ça ne sera rien mon enfant; il n'y pensera plus dans une heure ! Tu l'auras bientôt consolé, n'est-ce pas ?

LOUISE.

Ah ! Mademoiselle je ne console que M.
le Chevalier, voyez vous ?.. Vous savez bien
ce que je vous ai dit ce matin !

Melle DELAUNAY. (*à part.*)

Encore ! la maudite petite fille a pris à tâche
de me tourmenter aujourd'hui ! (*Haut.*)

Mais, tu ne sais donc pas que M. le Chevalier va sortir d'ici? L'ordre de sa liberté est signé, et alors....

LOUISE.

Ah! mon dieu, quel bonheur! Il va sortir dites vous? Alors il va m'épouser, car il me l'a promis! Et je vais être madame la Chevalière!.. Mais comment savez vous donc cela, mademoiselle?

Melle DELAUNAY.

Comment?.. *(à part.)* Ah! J'ai eu tort de parler! (*Haut.*) Mais... par le commandant, qui est venu me voir!..

LOUISE.

En ce cas c'est bien sûr! Mon dieu, quel bonheur! Je vais m'habiller avec mes habits des dimanches, pour qu'il me voie belle comme cela. Oh! mon dieu! je ne pourrai jamais me retenir de parler! Cependant il faut bien me taire, car il m'a bien défendu de jamais rien dire! Autrement, il se brouillerait avec moi, si je disais un seul mot! Ne parlez pas, Mademoiselle, je vous en prie,

ne dites rien ; je vous le recommande bien !..
Ah ! que je suis étourdie ! Vous ne voyez
personne, à qui en parleriez vous ?.. Je vais
m'habiller ! je vais m'habiller !

SCÈNE IX.

Mlle DELAUNAY (*seule.*)

La pauvre petite, que je la plains si elle
aime réellement ! Elle est bien trompée ! Mais
c'est un enfant, incapable encore d'une véritable passion ! Elle éprouvera un instant de
dépit, de chagrin, et pensera bien vite à
autre chose ! C'est là l'excuse de ces messieurs ; c'est la légéreté des femmes, disent-
ils, qui justifie celle des hommes ! Les
femmes en disent autant de leur côté, et
voilà comment chacun cherche sa justifica-
tion dans les torts de l'autre, au lieu de
songer à n'en point avoir ! Mon dieu, qui
vient donc si précipitamment ? C'est le Chevalier !.. C'est déjà vous !

SCÈNE X.

Melle DELAUNAY, LE CHEVALIER.
LE CHEVALIER.

Mademoiselle, je n'y puis tenir ! après

notre conversation de tout à l'heure, je suis monté diner chez le Gouverneur, j'étais placé à table près de M. de Richelieu ; j'ai mis la conversation sur votre compte...

Melle DELAUNAY.

Sur mon compte, monsieur ? Je trouve étrange !..

LE CHEVALIER.

Ah ! ne vous effrayez pas, mademoiselle, je voulais seulement le faire parler.. savoir de lui... J'en ai appris des choses... Je n'y pouvais plus tenir... J'ai pris un prétexte pour sortir, et je suis accouru...

Melle DELAUNAY.

Mais, monsieur, vous pouviez tout savoir plus simplement, en vous adressant à moi-même ; je ne vous aurais rien laissé ignorer.

LE CHEVALIER.

Oh ciel ! qu'elle assurance ! quelle audace !

Melle DELAUNAY.

Sans doute, monsieur, je n'ai rien de secret pour mes amis !.. Que vous a-t-il dit ? Vous a-t-il appris qu'il m'avait écrit ?

LE CHEVALIER.

Oui, mademoiselle, il me l'a dit, ne se doutant pas que j'y prisse le moindre intérêt !. il dit tout, M. de Richelieu, il dit tout, mademoiselle, c'est son usage ! je vous en préviens, en ami !

Melle DELAUNAY.

Eh bien ! puisqu'il dit tout ; il vous aura dit sans doute, que je lui avais répondu !

LE CHEVALIER.

Oui, mademoiselle, il me l'a dit aussi !

Melle DELAUNAY.

Vous a-t-il fait voir sa lettre?

LE CHEVALIER.

Non, mademoiselle !

Melle DELAUNAY.

Je puis vous la montrer, elle est ici !

LE CHEVALIER.

C'est bien ainsi que je l'entends !

Melle DELAUNAY.

Et vous a-t-il fait voir ma réponse ?

LE CHEVALIER.

Non, mademoiselle, mais !...

Melle DELAUNAY.

Je puis vous la faire lire aussi !

LE CHEVALIER.

Je l'espère !

Melle DELAUNAY.

Mais, j'y mets une condition.

LE CHEVALIER.

Une condition ?.. Et laquelle s'il-vous plaît ?

Melle DELAUNAY.

C'est que nous serons brouillés aussitôt, et que nous ne nous verrons plus !

LE CHEVALIER.

Mademoiselle, cela dépendra de ce que disent les lettres !

Melle DELAUNAY.

Oh ! la sienne est une déclaration fort nette !

LE CHEVALIER.

Et la votre, mademoiselle, et la votre ? Il m'en parlait comme de quelque chose de charmant ! Elle doit être bien tendre !

Melle DELAUNAY.

La mienne, monsieur? Vous la verrez
aussitôt que vous voudrez, je vous l'ai déjà
dit ; mais je vous déclare de nouveau que
tout est rompu entre nous , si vous manquez
de confiance, au point d'en exiger la lecture !..

LE CHEVALIER.

Cette condition est impossible... car mon
attachement me donne le droit d'exiger...

Melle DELAUNAY.

Le mien exige plus de confiance. Si je
n'ai point la votre aveuglement, tout est fini
entre nous.

LE CHEVALIER.

Oh ciel! vous me poussez à bout !.. Mais
les discours de M. de Richelieu sur cette
lettre étaient trop clairs, trop positifs, pour
que je puisse m'y méprendre ! ils exprimaient
trop d'admiration pour que je puisse hésiter
à en exiger la lecture. Je ne puis vivre
ainsi! je la veux voir à tout prix !..

Melle DELAUNAY.

La voilà !... (*Il lit avec avidité !*) Elle

est copiée à la suite de celle du duc! Vous
ne pouviez pas avoir un véritable attachement
pour moi, sans croire au mien pour vous,
et ce sentiment, s'il eut existé dans votre
âme, devait suffire pour vous rassurer contre
la crainte de quelque chose de sérieux entre
M. de Richelieu et moi. D'un autre côté
vous deviez penser, monsieur, que ne pou-
vant jamais m'avouer à moi-même, et encore moins confesser à d'autres, des motifs
de la nature de ceux qui peuvent excuser
votre intrigue avec la petite Louise, je met-
trais quelque soin à éviter même de com-
mettre de simples légèretés; et je sens fort
bien que si je puis vous pardonner la votre
facilement, la mienne serait inexcusable;
aussi vous voyez que j'ai répondu de manière
à satisfaire ma fierté, sans blesser M. de
Richelieu. S'il a paru content de ma lettre,
c'est qu'il a assez d'esprit pour apprécier les
sentimens qu'elle exprime. Au reste je n'aurais même point reçu la sienne, ce qui m'aurait évité d'y répondre, si je n'y avais été
portée par l'intention de vous punir lorsque

j'appris de Louise que j'avais à me plaindre de procédés blessans, outrageans, de
votre part.

LE CHEVALIER.

Ah! mademoiselle, qu'ai-je fait? Je suis
confus! mais j'espère que vous trouverez dans
la violence et la délicatesse de ma passion,
une excuse que votre bon cœur et les sentimens que vous m'avez plusieurs fois exprimés
vous feront agréer!

Melle DELAUNAY.

Non, monsieur! Je vous ai dit d'avance
sur quoi vous deviez compter; à quoi vous
vous exposiez. Vous m'avez fait une grave
offense, je ne parle plus de Louise, je
passe légèrement ce que je ne considère que
comme une légèreté! Si votre amour eut
été aussi délicat que vous le dites, vous
auriez mieux conçu le mien! Vous n'auriez
pas été en allarmes pour la moindre chose!..
Vous allez rentrer dans le monde, vous aurez bientôt oublié une légère inclination, qui
peut-être, vous trompait vous même à mon

sujet, dans la solitude et l'ennui de la prison. Vous penserez autrement dans quelques jours.

LE CHEVALIER.

Ah! Mademoiselle, ne m'accablez pas! vous pouvez me punir en me deffendant de vous voir, mais laissez moi vous quitter en emportant l'idée que, me croyant sincère, vous avez quelques regrets de votre rigueur! alors j'espérerai mériter plus tard de rentrer dans tous les droits que vous m'aviez accordés sur votre cœur!

Mlle DELAUNAY. *(avec émotion.)*

Je suis offensée,... Monsieur... vivement offensée... et de long-tems... je ne pourrai pardonner... (*On entend fermer les verroux et les serrures de la porte.*) Mais,... qu'est-ce?... que signifie ce bruit?

LE CHEVALIER.

C'est la porte qu'on vient de fermer à la clef et aux verroux.

Melle DELAUNAY.

Comment! On a fermé la porte! (*Elle*

va voir .) Ah! mon dieu, oui! Mais que vais-je devenir? Comment allons nous faire? On ne rouvrira plus d'aujourd'hui! C'est extraordinaire! On a fermé deux heures plus tôt que de coutume *!* Je suis au désespoir *!* Que vais-je faire?

LE CHEVALIER (*à part.*)

Oh ciel *!* quel bonheur j'entrevois! Quel plaisir *!* (*Haut.*) Mais, mademoiselle, c'est tout simple *!* puisque nous sommes enfermés ensemble dans un des châteaux du Roi, et par son ordre... il faut bien nous soumettre *!.,* Il n'y a pas moyen de faire autrement, quelque désir que j'aye...

Melle DELAUNAY.

Comment, monsieur, vous riez *!* Monstre que vous êtes! Méchant! celà est abominable à vous *!..* Mais cela ne peut pas être... absolument... Comment? rester ici jusqu'à demain *!...* c'est impossible... Mon dieu, qu'elle imprudence *!* quelle folie! que je suis malheureuse !

LE CHEVALIER (*à part.*)

Bon *!* Bon ! ceci va remettre mes affaires !...

car enfin il n'y a pas à s'en dédire !... compromise !... ah !... compromise !... et sans qu'on
puisse me le reprocher !.. (*Haut.*) Mademoiselle, pourquoi vous tant désoler ? Ne sommes
nous pas certains de sortir incessamment de cette prison ? Ne sommes nous pas certains que
nous nous aimons ? Ne m'avez vous pas promis
votre main pour le moment de notre sortie ?
Eh bien ! nous sommes mariés ! Ne pouvons
nous pas appeler demain matin le chapelain ?
Nous aurons pour témoins le Commandant
et M. le duc de Richelieu, qui, sans doute,
ne me refusera pas cet honneur là !

Melle DELAUNAY.

Ah, Monsieur ! c'est bien mal à vous de
plaisanter d'une manière aussi cruelle... dans
un moment aussi pénible que celui-ci !.. Mais
je saurai bien vous faire sortir ! car enfin
c'est impossible !.. c'est impossible !.. vous
ne pouvez pas passer ici la nuit !.. quoique
vous en disiez, cela ne se peut pas, cela
ne sera pas !.. Mon dieu, quand j'y songe
seulement !

LE CHEVALIER.

Eh bien! Mademoiselle, mettez moi dehors!.. Je ne veux pas vous faire tant de peine!.. Je suis prêt à me retirer!.. Faites ouvrir la porte! En vérité, à voir comme vous me maltraitez, on croirait que ce qui arrive est de ma faute.

Melle DELAUNAY.

Assurément, monsieur, c'est votre faute! Pourquoi êtes vous revenu? Nous étions brouillés tantôt! Il fallait rester chez vous.. Ne pas revenir... Mon dieu, quelle impru- dence! Comment ai-je pu m'y prêter?... Comment faire?.. Il faut pourtant que cela finisse!.. Il faut prendre un parti!.. Allons, puisqu'un éclat est inévitable... je préfère celui qui doit amener un prompt remède, à celui dont l'issue serait retardée d'une ma- nière si étrange, si extravagante!.. (*Elle s'approche de la fenêtre.*)

LE CHEVALIER.

Qu'allez vous faire?

Melle DELAUNAY.

Que sais-je? Je vais crier, appeler le premier qui passera dans la cour!

LE CHEVALIER.

Quelle folie!

Melle DELAUNAY.

Ah! quel bonheur! voilà le Commandant
qui passe! (*Elle appelle.*) Commandant!
Commandant! S'il vous plaît! Un mot!
Sur le champ! Oui! Ici! Ici!.. (*Au Chevalier, avec vivacité.*) Monsieur, je vais
tout lui dire! C'est ce qu'il y a de plus
simple. Il est bon! Il pardonnera une étour-
derie... assez excusable... de la part de
malheureux prisonniers !.. Mais la nuit toute
entière, monsieur Ah c'était impossible!
(*Vivement.*) Ah! Je me ravise... Peut-
être que sans rien lui avouer!.. Monsieur,
au nom de dieu, aidez moi à sortir de ce
mauvais pas! Il faut tâcher d'éviter de confesser... Il faut tâcher d'éviter de dire de
quoi il s'agit... Je vais prendre un prétexte
pour causer avec lui; vous allez vous cacher
derrière le rideau, et si vous pouvez vous
échapper tandis qu'il me parlera... vous m'é-
pargnerez la honte d'une telle confession...

Vous êtes homme d'honneur, monsieur, vous me devez cette attention.

LE CHEVALIER.

Je ne refuse pas, mademoiselle, assurément... cependant...

Melle DELAUNAY.

Et vite, cachez vous, le voici !

SCENE XI.

M. DE MAISONROUGE, Melle DELAUNAY, LE CHEVALIER.

M. DE MAISONROUGE.

Me voici à vos ordres, mademoiselle ; quel bonheur extraordinaire me permet d'espérer que je puis vous être agréable en quelque chose ? Vous m'avez désolé tantôt ! Est-ce que par hasard, un peu de remords ?..

Melle DELAUNAY.

Oh ! beaucoup, mon cher Commandant, beaucoup !

M. DE MAISONROUGE.

Parlez, mademoiselle, parlez ; expliquez-vous !

Melle DELAUNAY.

Mais, d'abord dites moi, pourquoi aujour-
d'hui par extraordinaire a-t-on fermé ma porte
deux heures plutôt que de coutume?

M. DE MAISONROUGE.

C'est parce qu'il vient d'arriver des ordres
de la cour relatifs, dit-on, aux prisonniers,
et, qu'étant appellé chez M. le Gouverneur
pour en recevoir communication, j'ai dû
avant tout, faire fermer et mettre tout en
ordre, parce qu'il est possible qu'il ait lui-
même à faire ici quelqu'examen, quelque
visite... que sais-je? Mais est-ce là pourquoi
vous m'appeliez avec tant d'empressement?
Et vos remords, mademoiselle, que vous
inspirent-ils en ma faveur?

(*Melle Delaunay regarde à tout instant
si le Chevalier réussit à s'échapper. Il
essaye de tems en tems et rentre derrière
le rideau chaque fois qu'il craint d'être
vu. Cela fait un jeu de scène, parce
que chaque fois qu'elle le croit près de
s'échapper elle prend un ton de voix*

5

assuré, et lorsqu'il rentre elle parle d'un air suppliant.)

Melle DELAUNAY (*d'un air suppliant.*)

Ah *!* Mon cher Commandant, ne m'interrogez pas je vous prie *!* je suis dans un embarras *!..* dans une confusion *!..*

M. DE MAISONROUGE.

. Ciel *!* que je suis heureux *!* je devine *!*

Melle DELAUNAY (*d'un ton rassuré.*)

Non, commandant, vous ne devinez pas *!..* Je voulais simplement vous prier...

M. DE MAISONROUGE (*à part.*)

Allons, voilà que je me trompe... je croyais cependant *!..* C'est étrange *!..*

Melle DELAUNAY (*d'un ton suppliant.*)

Sans doute *!..* mon cher Commandant... vous aviez bien raison... vos bons sentimens... méritaient plus de confiance, mais...

M. DE MAISONROUGE (*à part.*)

Mes bons sentimens *!..* la chère enfant *!..* (*Haut.*) Mademoiselle *!* quoi vous me permettez d'espérer...

Melle DELAUNAY (*d'un ton rassuré.*)

Mais, Commandant, il ne dépend pas de moi de disposer ainsi de... et je vous ai prié de passer pour...

M. DE MAISONROUGE (*à part.*)

Encore du changement !

Melle DELAUNAY (*d'un ton suppliant.*)

Pour vous prier, mon cher Commandant... de vouloir me permettre... de vous fairecon-naître... qu'il arrive une étrange chose... vous comprenez bien... vous êtes si bon... Ah ! (*Le Chevalier s'échappe.*)

M. DE MAISONROUGE.

Je suis si bon, mademoiselle, dites vous ? Ah ! pour vous ! je n'ai rien à vous refuser ! commandez moi, ordonnez moi ! Je suis à vos ordres ! je serai trop heureux d'obéir...

Melle DELAUNAY (*tout à fait rassurée.*)

Eh bien ! Commandant, soyez assez bon pour m'envoyer la suite de cet ouvrage dont je viens de terminer les premiers volumes ; je n'ai plus rien à lire ! je vous en aurai obligation.

62

M. DE MAISONROUGE. (*stupéfait.*)

Ouf! Oh! voilà pour le coup, à quoi je ne m'attendais pas! Cela est inimaginable! Quoi, mademoiselle, c'est pour cela que vous m'avez appellé?

Melle DELAUNAY.

Oui, Commandant!

M. DE MAISONROUGE.

C'est pour cela que vous preniez un ton si suppliant?

Melle DELAUNAY.

Oui, Commandant; c'est que j'ai bien du regret de vous avoir dérangé.

M. DE MAISONROUGE.

Du regret de m'avoir dérangé! n'est-ce vraiment que cela?.. C'est inconcevable! et vos remords donc, mademoiselle?

Melle DELAUNAY.

Oh! ils sont bien sincères! je crois vous avoir fait de la peine ce matin, et c'est je vous assure, bien contre mon intention!

M. DE MAISONROUGE.

Ah ! Mademoiselle ! mademoiselle ! vous
vous faites un cruel jeu de déchirer mon
cœur ! Je vais chercher les livres que vous
désirez et je reviens. (*A part en s'en allant.*)
Ah ! les femmes, les femmes, sont incom-
préhensibles !

SCÈNE XII.

Mlle DELAUNAY (*seule.*)

Ah mon dieu ! quelle scène ! quelle crise !
quelle leçon ! Assurément le Chevalier ne
viendra plus ? Eh quoi ! que deviendrais-je ?
Seule ici depuis si long-tems, je me pri-
verais d'une si agréable compagnie .. Lui
qui veut se sacrifier, rester ici pour moi !..
Ah ! que de choses doivent être pardonnées
et permises à des prisonniers privés de toutes
ressources... celles qu'ils se créent pour échapper à l'ennui, au chagrin qui les dévorent,
doivent être bien excusées,... l'embarras de
ce soir est d'ailleurs une chose sans exemple
tout-à-fait extraordinaire.. Mais, oh ciel !
voici encore le Chevalier !

SCÈNE XIII.

Melle DELAUNAY, LE CHEVALIER.

Melle DELAUNAY.

Comment ! Encore ! Qu'est-ce que cela signifie ?

LE CHEVALIER.

Que voulez-vous que je devienne, mademoiselle ; je n'ai pu rentrer chez moi ? il n'y a plus de clef sur ma porte ! J'ai vu sortir le Commandant de chez vous, il a laissé votre porte ouverte, et j'en ai profité pour rentrer !

Melle DELAUNAY.

Mais il va revenir à l'instant même ! Il est allé me chercher un livre !.. Votre conduite est étrange, monsieur ! Il est cruel de vouloir absolument me compromettre, me perdre ! C'est m'aimer bien peu ! C'est mettre bien peu de prix à ma réputation ! Et vous dites que vous m'aimez ! que vous voulez m'épouser !

LE CHEVALIER.

Mon dieu, mademoiselle ; je vais sortir !

j'ignorais que le Commandant dût revenir sitôt. Cependant quand je songe qu'une crise amènerait la fin de mes maux, en rendant indispensable notre mariage, que je ne vois point de motif de retarder comme vous faites, je suis bien tenté de rester et d'occasionner ainsi un éclat si favorable...

Melle DELAUNAY.

Quel monstre vous êtes!

LE CHEVALIER.

D'ailleurs comment ferais-je pour rentrer chez moi, puisque ma porte est fermée? Il faudra que je parle, que j'explique... on saurait toujours... la crise est inévitable!...

Melle DELAUNAY.

Vous êtes un homme abominable! Je vous abhorre! Je suis sur les épines! Laissez-moi! Fuyez!... Ou bien!..

LE CHEVALIER.

J'entends le Commandant! Il n'y a plus moyen de m'échapper! Je me cache pour vous donner le tems de ménager la chose; mais il faut en finir cette fois!

SCÈNE XIV.

M. DE MAISONROUGE, Melle DELAU-NAY, LE CHEVALIER.

M. DE MAISONROUGE (*à part.*)

Non ! Cela est inexplicable ! Plus j'y pense moins je comprends ce qui se passe ici ! (*Haut.*) Voici, mademoiselle, les livres que vous demandez. J'ai ordre de me rendre chez M. le Gouverneur qui m'a fait appeler... Adieu, mademoiselle ! N'avez vous plus d'ordre à me donner ?

Melle DELAUNAY (*à part.*)

Il part, est il possible ! Il va encore fermer la porte ! (*Haut d'un ton suppliant*) Comment, mon cher Commandant, vous me quittez si vite ?

M. DE MAISONROUGE.

Quoi, mademoiselle, vous me retenez ?

Melle DELAUNAY.

C'est bien mal à vous, de partir sitôt ! Je voulais vous parler !

M. DE MAISONROUGE.

Me parler! me parler! à moi, mademoiselle? Vous désirez que je reste, est-il possible ?

Melle DELAUNAY.

Oui, j'ai à vous confier quelque chose d'où dépend le bonheur de ma vie! Vous m'avez toujours témoigné tant d'intérêt!..

M. DE MAISONROUGE.

Tant d'intérêt!.. Oh oui, mademoiselle, un tendre, un bien tendre intérêt!

Melle DELAUNAY.

Je ne dois plus rien avoir de caché pour un ami tel que vous; je veux vous ouvrir mon cœur !

M. DE MAISONROUGE.

Ah! Mademoiselle, quel bonheur! Comment vous voulez bien ?..

Melle DELAUNAY.

Vous comprenez facilement, monsieur le Commandant, que dans le long ennui d'un emprisonnement de deux ans, j'ai dû mettre du prix à cultiver une société agréable!

M. DE MAISONROUGE.

Ah! Mademoiselle *!* (*A part.*) Elle est charmante !

Melle DELAUNAY.

Dans un si long isolement, on a le tems le se connaître! et le bonheur que j'ai eu l'e rencontrer un honnête homme....

M. DE MAISONROUGE.

Que vous êtes bonne, mademoiselle *!*

Melle DELAUNAY.

Dont la compagnie, et la conversation ont fait tout mon bonheur, toute ma consolation, dans cette horrible demeure...

M. DE MAISONROUGE

Ah! Mademoiselle, ce bonheur était le mien *!*

Melle DELAUNAY.

Vous comprenez, dis-je, monsieur le Commandant, que j'ai dû depuis long-tems donner mon cœur à un tel homme !

M. DE MAISONROUGE.

Ah! Mademoiselle, je ne sais où j'en suis! Je ne sais si je rêve!

Melle DELAUNAY.

Et aujourd'hui, je veux lui donner le prix si mérité...

M. DE MAISONROUGE.

Ah! Mademoiselle, je me jette à vos pieds!

(Le Chevalier s'approche, peu à peu, de l'autre côté du Commandant, et enfin il arrive tout près au moment où Melle Delaunay dit ce qui suit :)

Melle DELAUNAY.

En conséquence, je donne la main à...

LE CHÉVALIER.

A moi...

M. DE MAISONROUGE (*se relevant et se retournant précipitamment.*)

Hein? plait-il?.. Qu'est-ce donc que vous faites ici, monsieur le Chevalier?.. Comment donc êtes vous entré?.. (*A part.*) Ah! j'entrevois mon malheur!

LE CHEVALIER.

Ah! Commandant vous êtes si bon!.. Je vous expliquerai cela... il y a long-tems que... la clef de ma porte... de cette porte... enfin... que vous dirais-je ?.. me voilà à votre discrétion !.. Mais ce ne sera pas pour long-tems ! Car j'ai avis que l'ordre de ma mise en liberté a dû être signé hier... je l'attends à tout instant !

SCÈNE XV.

LES MÊMES, LOUISE (*en habits de fête*.)

LOUISE.

M. le Commandant, voici des ordres de M. le Gouverneur qui vous a fait chercher partout ! Il dit que c'est très pressé.

M. DE MAISONROUGE.

Voyons, voyons, donne !

LOUISE (*appercevant le Chevalier*.)

Ah ! C'est singulier ! Vous voilà ici, monsieur le Chevalier, je ne m'attendais pas à vous y trouver! (*Elle lui fait une belle révérence d'un air d'intelligence.*) Je vous fais mon compliment; on dit que vous sortez! vous devez être bien content! et moi donc! oh! moi, j'en suis enchantée!

LE CHEVALIER (*malignement.*)

Comment tu es enchantée que nous nous séparions! C'est un joli compliment que tu me fais là! Tu n'es pas du tout aimable!

LOUISE (*à part.*)

Qu'est-ce qu'il dit donc là?.. (*Haut.*) C'est que...

M. DE MAISONROUGE.

Mademoiselle, voilà enfin l'ordre de votre mise en liberté!.. Je vous félicite de tout mon cœur! Je vous assure que j'avais besoin d'avoir cette heureuse nouvelle à vous donner pour adoucir un peu l'amertume de la peine que je viens d'éprouver!.. Dieu veuille qu'il soit encore tems pour moi, d'échapper aux effets de la douleur dont j'ai l'âme pénétrée! Chevalier vous êtes libre aussi.

Melle DELAUNAY.

Mon cher Commandant, je me reproche bien amèrement d'avoir manqué à la confiance que vous méritiez si bien! Je vous aurais sans doute confié depuis long-tems notre amour, si je n'avais cru devoir ménager votre sensibilité !

LE CHEVALIER.

Vous trouverez constamment, en nous, de fidèles amis, reconnaissans à jamais de vos soins, de votre générosité, de vos attentions!

LOUISE.

Eh bien! et moi donc? Monsieur le Chevalier? Qui est-ce donc qui m'épousera moi!..

LE CHEVALIER.

J'aurai soin de te trouver un bon mari, je m'en charge!

LOUISE.

Oui... mais... cependant... après tout ce que vous savez...

LE CHEVALIER.

Veux tu bien te taire, ou tu n'auras pas de mari!

LOUISE.

Ah! mon dieu, mon dieu! il faut encore
que je me taise, après tout ça!

Fin de Melle Delaunay à la Bastille.

LE COLONEL,

OU

PEU A PEU, LA VÉRITÉ SE DÉCOUVRE.

PROVERBE.

PERSONNAGES.

La Comtesse de VIEUTEMS, douairière.

VICTORINE, sa nièce.

Le Baron de JADIS, vieux amant de la Comtesse.

Le Colonel de RANSENNE, amant de Victorine.

M. L'ENTERRE, médecin.

JOSÉPHINE, femme de chambre de Victorine.

L'ÉPINE, valet du colonel de Ransenne.

La scène est à la campagne, chez la Comtesse de Vieutems, dans l'été de 1814.

LE COLONEL,

OU

PEU A PEU, LA VÉRITÉ SE DÉCOUVRE.

SCÈNE PREMIÈRE.

JOSÉPHINE, L'ÉPINE.

JOSÉPHINE.

Oui, mon ami, nous avons bien à craindre d'échouer, car madame la Comtesse a déclaré très-expressément à sa nièce, qu'elle ne donnerait jamais son consentement à ce qu'elle épousât quelqu'un qui ait servi, à moins que ce ne soit il y a vingt-cinq ans, ou depuis six mois seulement : c'est-à-dire avant les guerres, ou depuis la paix! Or ton maître...

L'ÉPINE.

Mais cela est ridicule, car d'un côté ce

78

soit des vieillards, bons pour elle même, si
c'était elle qui fut à marier, et de l'autre
ce sont des imberbes qui ne seront bons à
marier que dans dix ans!.. Ils seront sans
doute excellens alors, mais, dieu merci,
mademoiselle Victorine ne nous paraît dis-
posée ni à attendre la majorité de l'armée
actuelle, ni à enterrer les débris de l'armée
du maréchal de Saxe!.. Il y a un proverbe
latin qui dit... Sais-tu le latin toi?

JOSÉPHINE.

Non, en vérité, dieu merci! Mais voyez
un peu quelle question à faire à une honnête fille! Et toi qui parles, est-ce que tu
le sais le latin?

L'ÉPINE.

Moi?.. Non, non, dieu m'en garde! Mais
mon maître le sait, c'est la même chose.
Eh bien donc, le proverbe latin dit que: *la
vertu gît au milieu.*

JOSÉPHINE.

Mais c'est français cela!

L'ÉPINE.

Eh sans doute! c'est la traduction que mon maître a faite du proverbe latin.

JOSÉPHINE.

Répète donc cette traduction. Je n'ai pas bien compris!

L'ÉPINE (*avec emphase.*)

In medio virtus. La vertu gît au milieu.

JOSÉPHINE.

Achève donc!

L'ÉPINE.

Eh! mais c'est tout.

JOSÉPHINE.

Comment c'est tout? tu restes à moitié

L'ÉPINE.

Eh non, de par tous les diables! la vertu gît au milieu!

JOSÉPHINE.

Au milieu de quoi?

L'ÉPINE.

Pardi! pour une fille de Paris, tu fais

bien la nigaude ! Au milieu de quoi ? Peut-
on faire une pareille question ? Tu parles
des imberbes et des barbons ! Eh bien, au
milieu sont les moustaches, les hommes, c'est
là qu'est la vertu ! Ça va sans dire !

JOSÉPHINE.

Ah, j'endends ! C'est juste !

L'ÉPINE.

Diable ! il te faut bien des explications
quand on te parle de vertu ; tu n'entends
pas du premier coup, à ce qu'il me semble !.

JOSÉPHINE.

Insolent !

L'ÉPINE.

Allons, allons, ne nous fachons pas ! Au
contraire, entendons nous bien pour mene
à bonne fin le mariage de nos jeunes maîtres qui s'aiment. Aide nous un peu, et tu
verras que nous en viendrons à bout.

JOSÉPHINE.

Compte sur moi ! Mais tiens moi bi
informée de vos projets, afin que nous m
chions d'accord.

L'ÉPINE.

Nous serons secondés par le brave docteur l'Enterre. C'est un ancien amant de la Comtesse ; il a beaucoup d'empire sur elle. Mon maître l'a connu à Paris, et vient de le mettre dans ses intérêts par la promesse d'une bonne somme, en cas de succès.

JOSÉPHINE.

Très-bien !

L'ÉPINE.

Je vais actuellement dire à mon maître ce que tu viens de m'apprendre, afin que nous combinions le parti qu'il y a à en tirer pour faire marcher nos affaires. Toi, préviens ta maîtresse que nous sommes au village voisin, d'où nous nous rendrons ici après avoir pris tous nos arrangemens. Adieu, ma toute belle ! je ne te dis rien pour moi aujourd'hui ; nous n'en avons pas le tems. D'ailleurs nous savons l'usage : quand un valet de chambre dit à une jolie soubrette : *mon maître adore ta maîtresse*, c'est comme s'il disait en même tems : *et moi j'étran-*

gle d'amour pour toi—Il demande un seul re-
gard, moi un seul après souper—Il veut méri-
ter un seul sourire, et moi dix bons soufflets!

JOSÉPHINE.

Arrive, arrive, que je t'accorde ta demande !

L'ÉPINE.

Oh ! j'ai trop de concience, je me ferais
serupule de les recevoir gratis; et je me
sauve, car je n'ai pas le tems de les mériter
à présent !

SCÈNE II.

JOSÉPHINE, VICTORINE.

VICTORINE.

Qui est-ce donc qui se sauve là ? N'est-ce
pas le valet du colonel de Ransenne ?

JOSÉPHINE.

Ah ! Ah ! Mademoiselle, comme l'amour
vous rend habile à reconnaître les gens !
A peine avez vous pu appercevoir les basques
de son habit ! C'est lui en effet.

VICTORINE.

Et son maître, où est il?

JOSÉPHINE.

Au village voisin. Il s'y est arrêté un
instant pour se mettre au courant de tout
ce qui se passe ici, avant d'y venir. Vous
le verrez bientôt. J'ai informé l'Épine des ré-
solutions de madame votre tante, qui éloignent
furieusement M. le colonel de la possibilité
d'obtenir votre main, puisqu'il a le malheur
d'avoir servi contre les ennemis, qui étaient
nos amis sans que nous nous en doutassions !

VICTORINE.

Oh ! Je ne suis pas si inquiète que toi. Il
est si beau et si aimable, que quand ma
tante l'aura vu, elle le trouvera charmant,
et madame votre tante tournera à votre pia...

JOSÉPHINE.

Ah ! Mademoiselle, que dites-vous là ?
Vous venez de m'éclairer sur ce qui est à
faire pour la réussite de votre mariage !

VICTORINE.

Comment donc ? Explique toi !

JOSÉPHINE.

Oh ! Mon dieu, oui... plus j'y pense et plus je... madame votre tante sauf le respect que je lui dois, est un peu folle, et un reste d'anciennes habitudes de coquette la rend facile à s'enflammer !.. Il faut que le M. colonel lui fasse la cour, qu'il la rende amoureuse de lui, qu'il lui fasse perdre la tête, et alors...

VICTORINE.

Et alors, et alors... voilà un beau raisonnement... et alors il deviendra mon oncle ! Est-tu folle de bavarder ainsi ?

JOSÉPHINE

Et alors il sera votre mari ! Voilà où j'en veux venir ! Car l'amour qu'il inspirera à madame votre tante tournera à votre profit, en dissipant la facheuse impression que le grade de colonel lui inspirerait sans doute contre ce jeune homme, si elle savait qu'il est en effet colonel ! c'est un grade horrible à ses yeux que celui là ; c'est le pis de tous, car c'est l'indication nette d'un homme de l'armée qui a tant fait de choses. En effet, ses anciens amans, qu'elle avait laissés lieutenants ou capitaines il y a vingt-cinq ans, et qui depuis cette époque ont été constamment en campagne, dans leurs terres, viennent tous d'en être récompensés par le grade de lieutenant-général, et leurs petits-fils entrent actuellement dans l'armée comme sous-lieutenants. Tous les rangs intermédiaires sont réprouvés dans son esprit, et celui de colonel particulièrement.

VICTORINE.

Je ne comprends pas trop ton bavardage; tout ce que je sais, c'est que je ne veux pas que M. de Ransenne fasse la cour à d'autre que moi.

JOSÉPHINE.

Quoi! vous seriez jalouse de votre vieille tante?

VICTORINE.

Pourquoi donc pas? Ma tante est femme comme une autre.

JOSÉPHINE.

Oh ! pas pour M. de Ransenne ; je vous le garantis.

VICTORINE.

Ah ! le voici !

SCÈNE III.

LES MÊMES , LE COLONEL , L'ÉPINE.

LE COLONEL (*en habit bourgeois.*)

Ah! ma chère Victorine, je mourais d'impatience de vous revoir ; j'avais envoyé l'Épine en avant pour se mettre au courant des nouvelles de la maison, mais je n'ai pas eu la patience d'attendre son retour, je me suis mis en route pour venir ; je l'ai rencontré ; il m'a dit l'étrange opposition que je dois m'attendre à trouver dans votre tante. Je ne sais comment faire pour en être bien reçu. La lettre que je lui apporte de mon onclene suffira peut-être pas...

VICTORINE.

Ma tante est bonne, et quelque chose

qu'elle ait dite, je me flatte que lorsqu'elle vous connaîtra, et qu'elle saura notre amour, elle changera de résolution, et consentira à notre mariage.

JOSÉPHINE.

J'en doute fort. Ces vieilles têtes sont si fortement prononcées lorsqu'il s'agit d'opinions politiques , que c'est la chose du monde la plus difficile que d'y obtenir du changement; je crois que le plus sûr est de s'y prendre de loin, et de bien se cacher du grade de colonel, jusqu'à ce que nous ayons tout disposé pour le faire agréer sans répugnance; et puis nous verrons avec le docteur ce qu'il y aura à faire. Il viendra à notre secours, et ce n'est pas un petit renfort auprès de la bonne dame !

LE COLONEL.

Lui taire mon grade n'est pas difficile ! L'important serait d'avoir une règle de conduite avec elle. Quel est son âge, son caractère ? Que faut il faire ?

JOSÉPHINE.

C'est tout simple ; écoutez bien !.. D'abord

88

son âge, dites-vous? Ordinairement les femmes de son âge ont soixante ans! Mais elle,
c'est différent! Elle ne les aura jamais, dut-
elle vivre trente ans encore!

LE COLONEL.

Bon! je comprends! Excellent à savoir!

JOSÉPHINE.

Ensuite son caractère?... Elle est du caractère de toutes les femmes qui n'en n'ont
pas... hors qu'elle est fort têtue sur la po-
litique! Du reste, bonne pâte de femme, avec
qui on peut jouer la comédie. Or, mille comédies nous instruisent qu'on a toujours du
succès à faire la cour à la tante pour obtenir
la nièce, et cela est vrai dans le monde
comme au théâtre, parce qu'il n'y a point
de femme qui ait la sottise de se croire
vieille, point de vieille qui ait le malheur
de se croire laide, et point de laide qui ne
trouve tout simple d'inspirer une passion
violente et subite. Aussi pas une n'échappe
au piège! et moi même qui vous parle,
on m'a déjà fait accroire plus de dix fois que
j'étais jolie!

L'ÉPINE.

Hein ?

JOSÉPHINE.

Oh le sot !... C'est de toi que je veux parler, nigaud ! Ah ! colonel, voici notre tante qui vient ! Tenez vous bien... sous-lieutenant et amoureux des tantes et de l'ancien temps , voilà votre rôle !

LE COLONEL.

C'est bien !

SCÈNE IV.

LES MÊMES, LA COMTESSE DE VIEUTEMS, LE BARON DE JADIS.

LA COMTESSE.

Autrefois, mon cher baron, c'est-à-dire l'année dernière encore, vous faisiez les promenades plus longues, vous ne vous fatiguiez pas si vite !

LE BARON.

Il est certain que pendant la révolution j'avais perdu l'habitude de ce beau costume de nos pères, et depuis que je l'ai repris je n'y suis pas encore bien accoutumé. L'épée se prend dans mes jambes, je laisse tomber mon claque, je gagne des coups de soleil, la poudre m'entre dans les yeux, je crache sur mon jabot, je trempe mes manchettes dans la soupe, je n'ai rien ou infiniment peu de chose à mettre dans ma bourse à cheveux autrement dite *crapaud*, de sorte que cela me tire par derrière, et tient fort peu...

LA COMTESSE.

Ah ! mon dieu, que de calamités ! mais aussi que vous avez bon air comme cela ; quel dommage que cela vous soit si incommode !..

LE BARON.

Oh ! ce n'est rien ; il est certain que dans six mois j'y serai fait comme avant la révolution ; j'aurai bientôt repris cette noble habitude. Epée, jabot, manchettes, poudre, bourse, frisure et claque, ma chère Comtesse, n'auront bientôt plus rien qui m'embarrasse !

LA COMTESSE.

Allons, vous me charmez!

JOSÉPHINE.

Madame, voici M. de Ransenne qui vient d'arriver.

LA COMTESSE.

Ah! monsieur, nous vous attendions; monsieur votre oncle vous avait annoncé. Vous allez en Dauphiné, mais vous vous arrêterez avec nous quelques jours?

LE COLONEL.

Madame, je suis beaucoup plus disposé à abuser de cette permission, qu'à me faire longtems prier d'accepter. Ce manoir a un air d'antiquité et du bon tems dont on ne voit plus de traces que dans les romans, et la noble dame châtelaine pourrait faire renaître le tems des troubadours et des chevaliers; on passerait ici sa vie avec bonheur.

LA COMTESSE.

Baron de Jadis, ce jeune gentilhomme s'énonce avec bien de la grace!.. Ne m'apportez

7.

vous rien de M. votre oncle ?.. Voilà bien des années que je ne l'ai vu.

LE COLONEL.

Ah ! Madame, pardonnez à une distraction bien excusable sans doute ! J'ai en effet une lettre à vous remettre de la part de mon oncle ; la voici !

LA COMTESSE (*lisant.*)

« *Vous m'avez, Madame, entendu mille* « *fois parler de mon neveu lorsqu'il était* « *fort jeune...* Ah, il y a long-tems en effet qu'il m'en a parlé ; vous étiez enfant alors, car, nous nous connaissons d'autre fois M. votre oncle et moi. « *Vous m'avez* « *permis de vous l'adresser à son passage* « *pour se rendre dans le midi ; il aura* « *l'honneur de vous remettre cette lettre.* « *Je désire qu'il y trouve à se fixer et à* « *faire un bon établissement. Nous voici* « *en paix, et il a bien gagné par ses* « *longues fatigues et ses nombreux dan-* « *gers à la guerre, de goûter les plaisirs* « *du repos et ceux d'un bon ménage. Son*

« nom et sa fortune, contribueront sans
« doute à lui faire atteindre ce but. Il
« est d'ailleurs dans une sage disposition
« d'esprit qui m'assure qu'il fera un bon
« choix. Agréez, Madame, etc. »

Je me rappelle, en effet, avoir entendu
dire que vous étiez militaire, monsieur; j'en
ai du chagrin! Il y a long-tems que vous
servez?

LE COLONEL.

Douze ans madame!

LA COMTESSE.

Douze ans! Ah, l'affreuse époque, monsieur; et quel grade avez-vous?

L'ÉPINE (*vivement.*)

Celui de sous-lieutenant madame!

LA COMTESSE (*étonnée.*)

Sous-lieutenant! voilà ce que c'est, on a
été injuste envers vous; vous n'êtes que
sous-lieutenant après douze ans de service,
par ce que vous êtes gentilhomme. Cette
injustice me réconcilie avec vos douze années de service, monsieur; tout le corps de

la noblesse doit prendre fait et cause dans cette affaire ! Quelle indignité ! Baron de Jadis, un gentilhomme sous-lieutenant après douze années de service ! Qu'en dites-vous ? Autrefois...

LE BARON.

Je partage votre indignation, comtesse de Vieutems ! Il est certain qu'avant la révolution nous naissions avec les épaulettes de sous-lieutenaut ! Qui est-ce qui n'était pas sous-lieutenant ? Tout le monde l'était ; excepté ceux qui naissaient exprès pour être soldats. En sortant de nourrice, nous avions déjà acquis le rang de lieutenant par ancienneté de service, et nous entrions à douze ans dans nos régiments comme capitaines, pendant huit jours seulement, pour n'y reparaître ensuite que comme colonels !

LE COLONEL.

Je n'ai point à me plaindre, je vous assure, car...

VICTORINE.

N'avez-vous jamais été blessé monsieur le col... monsieur l'officier ?

LE COLONEL.

Plusieurs fois, mademoiselle; mais ce n'est pas en pays étranger que j'ai reçu la plus grave blessure. C'est à Paris même. et cette blessure, qui pouvait être mortelle, a heureusement été si bien traitée, par la personne même qui en avait été la cause involontaire, que je ne me suis jamais senti si heureux que depuis cette époque là!

LA COMTESSE.

Et où donc était votre blessure, monsieur ?

LE COLONEL.

Sous ma décoration, madame !

LA COMTESSE.

Le bon jeune homme! Vous resterez avec nous, monsieur, long-tems j'espère ! Vous êtes ici en pays de connaissance ! Ma nièce nous avait parlé de vous.

LE COLONEL.

Effectivement, madame , j'ai eu l'honneur de rencontrer plusieurs fois mademoiselle chez madame votre sœur à Paris.

LA COMTESSE.

Ma sœur me l'a envoyée ici, parce que n'ayant point de fortune, le bien de sa fille dépend de moi... Le testament de défunt M. le comte de Vieutems m'a laissée maîtresse de grands biens, dont je puis disposer à mon tour, et lorsqu'elle sera en âge de se marier...

VICTORINE.

Ma tante, je vais avoir dix–huit ans !

LA COMTESSE.

Oui, mais, vous n'avez pas encore été au couvent, mademoiselle ! cela manque à votre éducation, à votre expérience des choses de ce monde ! Autrefois on ne mariait les demoiselles qu'après cinq ans, au moins, d'études solides dans un couvent. On va j'espère les rétablir comme autrefois et alors...

JOSÉPHINE.

Autrefois, autrefois ! on s'y prenait de bonne heure pour mettre les filles au couvent ! On n'attendait pas qu'elles eussent dix–huit ans, madame ; et vous-même vous en étiez sortie à quinze ans pour être mariée! C'est là ce qu'il y avait de mieux autrefois!

LA COMTESSE.

Oui, mais à dix-sept ans j'y suis rentrée!

JOSÉPHINE (*à part.*)

Ah! il n'y a pas de danger qu'elle dise pourquoi!

LE BARON.

Il est certain qu'avant la révolution, les demoiselles entraient de bonne heure au couvent; qu'elles en sortaient se tenant fort droites, et sachant faire des gimblettes pour les canaris; et souvent elles y rentraient peu d'années après leur mariage, renonçant aux vanités du monde, tant les premières impressions leur en étaient restées avec charmes!

JOSÉPHINE.

Ah! ma mère me disait que c'était les maris qui les y renvoyaient pour réprimer les désordres que...

LE BARON.

Il est certain, que cela arrivait quelquefois aussi.

LA COMTESSE.

Taisez-vous, péronnelle !

LE COLONEL.

Madame, je pense aussi, s'il m'est permis d'avoir une opinion sur cette matière, que c'est le seul reproche qu'on puisse faire au tems passé ; c'est qu'on mariait les filles trop jeunes !.. C'est un enfant dans un ménage, qu'une femme de dix-huit ans... en vérité c'est trop jeune. Qu'elle ait un enfant avant dix-neuf ans, elle s'en amusera comme d'une poupée, et voilà compromis les héritiers des plus grandes familles peut-être ! C'est une folie !

LA COMTESSE.

Baron de Jadis, que pensez-vous de ce discours ? C'est un esprit d'autrefois !

LE BARON.

Il est certain qu'avant la révolution on ne pensait pas mieux !

LE COLONEL.

Mon oncle vous écrit, madame, que je cherche à m'établir, et veut bien louer l'esprit de sagesse qu'il croit que je porte dans mes recherches, c'est qu'il sait que ce n'est pas un enfant que je veux, mais une personne dont la maturité assure mon bonheur.

LA COMTESSE (*à part.*)

Oh! ciel! qu'entends-je? quelle sympathie! Il ne veut point d'enfants, dit-il? L'aimable jeune homme! Et il veut une femme dont la maturité assure son bonheur!... Cette déclaration est claire; elle est directe; je ne puis m'y méprendre! Il est évident qu'il a jetté les yeux sur moi! (*Haut.*) Quel malheur, monsieur, que vous n'ayez pas un grade qui corresponde à cet aplomb... Le rang de simple sous-lieutenant pourra peut-être vous être nuisible... Si seulement...

L'ÉPINE (*à part, à son maître.*)

Lâchez le grade de lieutenant!

LE COLONEL.

Mais, madame, c'est mon valet qui s'est trompé, en vous disant que je n'étais que sous-lieutenant. Je suis plus avancé. Je n'ai pas trouvé, jusqu'à ce moment, le moyen de vous instruire qu'ayant été fait sous-lieu tenant à Marengo, pour avoir fait un général prisonnier, j'ai eu le bonheur de gagner le grade de lieutenant à Austerlitz, pour être entré le premier dans une redoute, et que...

LA COMTESSE (*l'interrompant.*)

Ah, M. le lieutenant, je vous félicite !

L'ÉPINE (*à part, à son maître.*)

Ça prend bien ! Avancez encore d'un cran ! Faites vous capitaine !

LE COLONEL.

A la bataille de Wagram, la prise d'un drapeau ennemi m'a valu le grade de capitaine...

LA COMTESSE.

Capitaine ! ah ! ceci change fort les affaires ; et vraiment, quand je songe qu'une femme de qualité peut fort bien s'avouer la femme d'un capitaine... en vérité !.. Mais ce faquin donc, qui s'est avisé de parler pour nous dire que vous étiez sous-lieutenant !

L'ÉPINE.

Il fallait bien commencer par le commencement, madame.

LA COMTESSE.

Permettez moi, capitaine, de faire une petite instruction à ce butor !

LE COLONEL.

Volontiers, en vérité, vous me rendrez un grand service; je suis fort mécontent de lui!

LA COMTESSE.

Comment vous appelle-t-on, l'ami?

L'ÉPINE.

L'Épine, madame, pour vous servir.

LA COMTESSE.

Mons de l'Épine, autrefois vous vous seriez nommé la Fleur, vous eussiez été moins familier, et vous n'auriez pas osé dire un mot, avant d'en avoir obtenu la permission de votre maître ou de moi.

L'ÉPINE (*à part.*)

Oh, la vieille revêche! (*Haut.*) Et comment faisaient mes vieux camarades, ceux de votre tems, madame la Comtesse de Vieutems, pour demander la permission de parler sans rien dire? C'était donc par gestes, ou en faisant des grimaces, comme ça! (*Il lui fait des signes et des grimaces bouffonnes.*)

LA COMTESSE.

Insolent ! autrefois les valets attendaient
qu'on les interpellât pour se permettre de
parler, et ne répondaient que juste ce qu'il
fallait.

L'ÉPINE (à part.)

Ah ! maudite vieille !

VICTORINE.

Allons, allons, ma tante, laissez là ce
pauvre garçon, et parlez d'autre chose ; vous
vous compromettez...

LA COMTESSE.

Tu as raison, ma nièce, je me compro-
mets... Ah ! j'entends le cher docteur ! C'est
un homme d'autrefois celui là ! ah ! ah !
qu'il est aimable !

LE BARON.

Il est certain que les médecins d'avant
la révolution, ont un air de maturité que
n'ont pas les plus jeunes.

SCÈNE V.

LES MÊMES, LE DOCTEUR L'ENTERRE.

LE DOCTEUR.

Madame la Comtesse, monsieur le Baron, mademoiselle, monsieur, j'ai bien l'honneur d'être votre très-humble serviteur.

L'ÉPINE (*à part* .)

Il parle comme une fin de lettre, ce docteur là !

LA COMTESSE (*d'un ton languissant.*)

Vous venez bien à propos, docteur !

LE DOCTEUR.

Ah! mon dieu ! J'ai donc été bien inspiré! Mais est-ce vous, belle Victorine, qui avez besoin de mon ministère ?

VICTORINE.

Non, monsieur, je suis à merveille; aujourd'hui surtout je vous assure, quoique j'aie fort peu dormi.

LE DOCTEUR.

Fort peu dormi ! Mais c'est être malade cela !

LA COMTESSE.

Docteur, laissez donc là les enfans! Est-on jamais malade avant trente ans? C'est moi qui suis malade! Cher docteur! Je suis dans une agitation! Ah, mon dieu, donnez moi un fauteuil que je puisse me trouver mal tout à mon aise! (*Elle s'assied.*)

LE DOCTEUR.

Qu'avez-vous? Mais vraiment votre pouls bat avec une vivacité! une vigueur! comme autrefois!

LA COMTESSE.

Comme autrefois! Ah! Oui! Docteur! Comme autrefois! C'est bien cela! comme autrefois!

LE DOCTEUR.

Cela est étrange! C'est un accès auquel je ne m'attendais pas. Vous savez que depuis trente ans, je vous ai guérie radicalement, tous les trois mois, de ces vapeurs qui vous revenaient toujours, ces maladies qui sont le lot des grandes dames, ces nobles maladies qu'ambitionneraient envain les parve-

nus, les riches modernes ! Mais ceci est autre chose, ma foi ! Ceci m'inquiète je vous
assure.

LA COMTESSE.

Ah ! Docteur, je n'y pensais pas il y a
un quart d'heure ! Secourez moi !

LE DOCTEUR.

Qu'est-il donc survenu, auriez vous eu
quelque scène ?

LA COMTESSE.

Ah ! Docteur, une scène charmante ! M. le
Capitaine, que je vous présente, nous a dit
des choses si sensées, si sages, qu'il me
semble qu'autrefois on ne parlait pas mieux !

LE BARON (*à part.*)

Il est certain que la vieille folle est
amoureuse de ce jeune homme ; corbleu ! qu'est-
ce à dire ? Est-ce qu'elle va m'échapper ?
Suivons ceci de près.

LE DOCTEUR.

Calmez vous, madame la Comtesse, calmez vous ! Je vais voir ce qui convient à

état! Messieurs, par discrétion veuillez vous retirer un instant que je consulte! j'ai quelques questions à faire à madame. (*Tous sortent excepté le Colonel et le Baron.*)

LE COLONEL, (*à part, au Docteur.*)

Docteur, au secours! vous voyez ce que c'est!

LE DOCTEUR.

Bien! Bien! Soyez tranquille. (*Le Colonel sort.*)

LE BARON (*à part, au Docteur.*)

Mon ami, mon vieil ami, car enfin il est certain que nous nous connaissons d'avant la révolution, je vous prie de m'aider en cette occasion! Je soupçonne cette vieille folle d'aimer le jeune homme que vous venez de voir. Peut-être même songe-t-elle à l'épouser! Elle ne pense plus au testament qui la ruine si elle se remarie! Rappelez lui ce testament! Ceci est grave, et romprait d'anciennes habitudes, qui datent d'avant la révolution. Si elle veut ce jeune homme près d'elle, qu'elle lui donne sa nièce!

Enfin faites pour le mieux! Vous serez content de moi, si je le suis de vous! Vous entendez!

LE DOCTEUR.

J'entends! j'entends! Comptez sur moi!

SCENE VI.

LE DOCTEUR, LA COMTESSE.

LA COMTESSE.

Ah! cher Docteur, laissez donc là le Baron qui n'a pas besoin de vous, et venez à moi, je vous en conjure.

LE DOCTEUR.

Me voici tout à vous, belle Comtesse, et je ne vous quitterai point que je ne vous aie tranquilisée. Répondez à mes questions.

LA COMTESSE.

Ah, Docteur! quelles questions voulez-vous me faire? Personne ne connaît mieux mon tempérament que vous, car autrefois.

LE DOCTEUR.

Ah! méchante, ne parlez plus de ce tems

8

là ! Il y a si long-tems que vous m'avez quitté pour le Baron, et que vous m'avez enlevé toute espérance !..

LA COMTESSE.

Cher Docteur, plus de reproches ! Je suis bien punie à mon tour ; figurez vous, car enfin à son Docteur et dans l'état où je suis, on doit tout confesser ; figurez-vous, dis-je, que ce jeune homme, ce beau jeune homme, M. le Capitaine, que vous avez vu là tout à l'heure, m'a parlé d'une manière détournée, parce qu'il y avait des témoins, mais cependant si claire et en même tems si délicate, que j'ai dû comprendre qu'il était envoyé ici par son oncle pour me tirer du malheureux état de veuvage dans lequel je suis. Il a voulu me voir ; il est venu de Paris tout exprès, sous un prétexte qui cachait ses intentions ! Il m'a vue, cher Docteur, et ce qu'il m'a dit suffit bien pour que je sache à quoi m'en tenir sur l'impression que je lui ai faite, et la lettre de son oncle... car autrefois...

LE DOCTEUR.

Y' pensez vous Comtesse? Vous marier ? Vous? Avec un tempéramment si délicat ! C'est une folie ! Vous voulez donc votre perte ? Vous n'y pourriez survivre !

LA COMTESSE.

Comment donc ? Mais je ne crois point cela du tout ! Vous êtes dans une grande erreur, car enfin, mon cher Docteur...

LE DOCTEUR.

Car enfin ! car enfin !.. J'entends, j'entends ce que vous voulez dire ! mais quelle erreur est la vôtre ! Quelle différence ! Quelle comparaison y a-t-il à faire! songez donc à la fougue de ce jeune homme, à la turbulance de cet âge, à la brutalité de cette vivacité, à l'emportement de ce tempérament, à...

LA COMTESSE.

Eh bien ! précisément, Docteur, c'est tout cela que.. car autrefois...

LE DOCTEUR.

Autrefois, Madame, autrefois !.. à la bonne

heure! Mais à présent, voilà ce qui vous tuerait infailliblement! Je ne vous donne pas un mois à vivre, si vous épousez ce jeune homme! Je me retire sur le champ, si vous hésitez à me rassurer sur votre existence! Je ne veux pas qu'il soit dit qu'une si noble Comtesse soit morte entre les mains du Docteur l'Enterre!

LA COMTESSE.

Ah! Cher Docteur, vous m'effrayez!

LE DOCTEUR.

Et puis, madame, oubliez vous donc ce testament de feu M. le Comte qui vous prive de tous ses biens dès l'instant que vous convoleriez à d'autres noces? Comment pouvez vous oublier cette clause, qui a écarté de vous tant de gens qui voulaient vous épouser, et que la connaissance de ce fait a fait fuir, pour ne pas vous priver de cette fortune. Le Baron, seul, a trouvé moyen de tout concilier en se contentant de partager le revenu avec vous, mais il ne veut vous partager avec personne et il ne m'a dit que deux mots, là, tout à l'heure, qui

prouvent combien il vous aime, car il ne
veut pas vous perdre, et il veut encore moins
que vous perdiez votre fortune; il y tient
beaucoup.

LA COMTESSE.

Tant d'intérêt me touche, cher Docteur!
D'ailleurs l'idée de la mort dont vous me
menacez, et vos sages observations sur ce
testament, fait autrefois, me font réfléchir...

LE DOCTEUR.

Si la présence de ce jeune homme vous
est agréable, il n'est pas nécessaire de vous
en priver! Il suffit que vous ne l'épousiez
pas. On peut arranger les choses de manière
à tout concilier! Par exemple ne pourriez
vous pas le conserver près de vous, sans
compromettre votre santé? Cela serait facile
ce me semble, en lui donnant votre nièce.
Quelqu'amour qu'il ait pour vous il en fera
sans doute le sacrifice à ces considérations :
voulez-vous me charger de négocier cela en
tems et lieu?

LA COMTESSE.

Cher Docteur, êtes vous bien sûr que

j'en mourrais ? J'avais toujours entendu dire, autrefois, qu'on n'en mourait pas ?

LE DOCTEUR.

Allons donc! Allons donc! Vous voulez faire l'enfant, à ce que je vois! Ne songez plus à cela, croyez moi! C'est une folie! Calmez vous!

LA COMTESSE.

Eh bien donc, Docteur! je me livre à vous, comme autrefois; que faut-il faire?

LE DOCTEUR.

Donnez moi votre pouls! Ah! Ah! Il est déjà un peu calmé! L'on voit que la raison a déjà repris quelqu'empire sur vos sens! C'est bien, cela; c'est fort bien! Voilà déjà la récompense de votre modération. Il me restera peu à faire actuellement. Dites moi, avez vous jamais entendu parler des pilules du Docteur *Mie-de-pain*?

LA COMTESSE.

Mais oui!.. Il me semble! Je crois connaître ce nom là!.. Autrefois... comment avez vous dit ? Prononcez bien distinctement je vous prie ; car les noms propres un peu compliqués sont terriblement difficiles à entendre et à retenir ? Comment avez vous dit ?

LE DOCTEUR (*avec emphase.*)

Les pilules du Docteur *Mie-de-pain*, madame ?

LA COMTESSE.

Du Docteur *Mie-de-pain* ?.. Mais attendez donc ! Mais oui... ce nom là me revient, il ne m'est point étranger... j'ai quelqu'idée confuse de cela ! J'en ai entendu parler ! J'ai entendu, autrefois, prononcer ce nom là, à ce qu'il me semble... je n'en jurerais cependant pas !

LE DOCTEUR.

Ces pilules, madame la Comtesse, sont merveilleusement adaptées à votre situation actuelle. On les prend une à une, dans une cuillerée d'eau de fontaine, bien claire, et bien reposée. Ce petit remède est légèrement nourrissant et un peu, fort peu désaltérant !

LA COMTESSE.

Ah! cher Docteur, je conçois! Mais où trouvera-t-on ces admirables pilules du Docteur *Croûte-de-pain?*

LE DOCTEUR.

Du Docteur *Mie-de-pain*, madame, du Docteur *Mie-de-pain*, et non du Docteur *Croûte-de-pain!* Ne nous trompons pas; en fait de médicamens les erreurs sont bien dangereuses, on ne saurait trop s'en garantir! Je me charge de vous envoyer ces pilules toutes préparées! Ordinairement, et pour la classe vulgaire ce sont les boulangers qui les apprêtent, mais pour les dames de qualité, cela serait trop grossier; nous les faisons manipuler par les pâtissiers! Vous concevez qu'elles sont alors beaucoup plus délicates.

LA COMTESSE.

Cela doit être! Voilà les bonnes manières, voilà les soins, voilà les attentions, voilà la science des médecins d'autrefois!

LE DOCTEUR (*se levant.*)

Voilà qui est entendu! Je me charge de

tout! Je vais faire rentrer tout le monde actuellement. (*Il appelle.*) Messieurs, mademoiselle, vous pouvez revenir!

SCÈNE VII.

TOUS.

LE DOCTEUR.

Madame la comtesse est déjà fort soulagée, et j'espère que dans un quart d'heure tout sera fini et que vous serez tous contens!

LE COLONEL.

Oh, dieu quel bonheur! l'idée de savoir madame la Comtesse indisposée me mettait au désespoir!

LA COMTESSE (*à part, au Docteur.*)

Docteur, l'entendez vous? Le bon jeune homme! Quel malheur qu'il y aille de la vie! (*Au Colonel.*) Je suis ravie de vous savoir dans des dispositions si aimables; je vais répondre à M. votre oncle pour le féliciter d'avoir un neveu tel que vous, M. le Capitaine! Ah, si vous aviez vécu autrefois, un tel mérite n'eut pas été ignoré si long-tems, et le grade de lieutenant-colonel...

LE COLONEL.

Mais, madame, j'ai ce grade qui m'a été accordé à la bataille d'Iéna, où j'ai enlevé un canon!..

LA COMTESSE.

Un canon! Monsieur le lieutenant-colonel, un canon! Ah! mon dieu! Et comment avez vous fait pour l'emporter?.. Autrefois...

LE BARON.

Ah ça! Comtesse, vous déraisonnez véritablement, vous êtes vraiment folle; il est certain qu'avant la révolution, nous enlevions aussi des canons, quand il y en avait, et que nous le pouvions, mais nous ne les emportions pas... on laisse faire cela à la canaille!.. On appelle prendre un canon, s'en rendre maître; on ne l'emporte pas soi-même.

LA COMTESSE.

Avez vous jamais, autrefois, pris un canon, vous, Baron de Jadis?

LE BARON.

Jamais, madame la Comtesse, jamais; il est certain que je fus subitement et singulièrement enrhumé le jour où mon régiment en prit un, que l'ennemi reprit à la fin de la bataille, avec tous ceux que nous y avions amenés!

LA COMTESSE.

Ah, grand dieu! que dites vous donc là, Baron? Heureusement que vous fûtes subitement et singulièrement enrhumé le jour de cette vilaine bataille. (*Au Colonel.*) Eh bien donc, monsieur, vous êtes lieutenant-colonel; je vous en fais mon compliment!

LE COLONEL.

Madame la Comtesse, je ne puis concevoir par quelle étrange fatalité j'ai eu la parole coupée dix fois, et comment la conversation a tourné chaque fois de manière à ce que je n'aie pu, dès le premier moment, vous instruire que j'ai été fait Colonel à la bataille de la Moskowa, où j'ai enlevé une batterie.

LA COMTESSE.

Ah ! grands dieux, M. le Colonel, mais c'est incroyable tout cela ! Ah ! ça, mais dites nous donc tout d'un coup, je vous prie, si vous n'êtes pas maréchal de France ? Car enfin depuis une demie heure vous voilà passé du grade de sous-lieutenant à celui de Colonel ! Autrefois on n'allait pas plus vite !

LE COLONEL (*riant.*)

Non, non, madame, je ne suis pas plus que Colonel !

L'ÉPINE.

Madame, me sera-t-il permis de vous demander la permission de me permettre de parler ? C'est pour suppléer à ce que la modestie de mon maître lui fait taire.

LA COMTESSE.

Parle !

L'ÉPINE.

Eh bien, madame, M. le Colonel a la croix d'or de la légion d'honneur, pour avoir fait 2000 prisonniers dans une occasion im-

portante, et les croix de Prusse, d'Autriche,
de Bavière, de Bade, de Wurtemberg,
de la couronne de Fer, etc., etc., pour
mille traits plus valeureux les uns que les
autres, et enfin la croix de Saint-Louis,
comme autrefois.

LA COMTESSE.

Ah ! M. le Colonel, chevalier de tous les
ordres, vous ne quitterez plus mon château. Nous nous connaissons depuis long-
tems, sans nous être vus. Nos familles
sont liées d'autrefois. Nous nous convenons. En tems et lieu nous ferons un
petit arrangement ensemble, sous le bon
plaisir de ma nièce que voilà, quoiqu'elle
n'ait pas été au couvent, et nous vivrons
ici dans mon château, comme on vivait
dans les châteaux autrefois.

LE BARON.

C'est-à-dire, avant la révolution !

VICTORINE.

Ah ! Ma tante, que vous êtes bonne !

LE COLONEL.

Ah! Madame, vous faites mon bonheur! Ah! ma chère Victorine!

LA COMTESSE.

Ah! Ah! Il paraît que vous vous entendiez... dès le voyage de Paris peut-être...

VICTORINE.

Oui, ma tante, pendant le voyage de Paris!

LA COMTESSE.

Eh! bien, tant mieux, mon enfant, tant mieux! Docteur, elle n'en mourra pas, elle?

LE DOCTEUR.

Non, non! j'en réponds, madame, j'en réponds.

LE BARON.

Avant la révolution...

La toile tombe.

LE QUIPROQUO

INVOLONTAIRE.

COMEDIE EN UN ACTE.

PERSONNAGES.

Le Comte de THILAY.

La Comtesse de THILAY.

PAULINE, leur fille.

Le Marquis de LINCHAMPS.

MARTON, suivante.

LA FLEUR, valet du Comte.

La scène est à Paris.

———————

Une anecdote racontée par le Baron de Bezenval, dans le premier volume de ses mémoires, édition de Barrière et Berville, a donné lieu à cette pièce.

LE QUIPROQUO

INVOLONTAIRE.

SCÈNE PREMIÈRE.

PAULINE ET MARTON.

PAULINE.

LE cœur me bat d'inquiétude, quand je songe qu'il a dû arriver ce matin de Strasbourg, et qu'à tout instant on peut l'annoncer.

MARTON.

Puisque votre cousine, qui a vu le marquis de Nohan, vous écrit qu'il est fort bien et qu'il vous plaira, quelle inquiétude pouvez-vous avoir ?

PAULINE.

Que sais-je ? Cela ne se voit-il pas tous les jours, qu'un homme plaît à une femme et ne plaît pas à une autre ?

9

124

MARTON.

Oh! cela est rare. Un jeune homme qui a bien sçu trouver une fois le chemin du cœur d'une femme, arrive presque toujours par le même chemin au cœur des autres; et, telle qui le voyait avec indifférence hier, parce qu'il ne la regardait pas, et peut-être avec éloignement avant-hier, parce qu'il en regardait une autre, est tout étonnée de le trouver si bien aujourd'hui parce qu'il la regarde en face. Cela se voit mademoiselle, cela se voit !

PAULINE.

Ah, mon dieu ! Je ne suis donc pas comme les autres femmes, car j'ai déjà vu un grand nombre d'hommes, qu'on trouvait fort agréables, et qui ne me plaisaient pas du tout ; et si le Marquis de Nohan, malgré tout le bien qu'on en dit, allait me déplaire, quel malheur !

MARTON.

Eh bien ! s'il vous déplaisait, vous le diriez à M. le Comte votre père, et tout serait fini, car vos parents sont trop bons pour forcer votre inclination.

PAULINE.

Tu ne sais donc pas que tout est convenu, arrêté, et que le mariage ne pourrait s'éviter actuellement sans irriter mon père, car tu sais avec quelle difficulté il abandonne un arrangement, lorsqu'il lui convient autant que celui ci !

MARTON.

Allons, allons, mademoiselle, ne vous tracassez pas d'avance, car enfin tout est en faveur de M. le Marquis, et il y a tout lieu d'espérer qu'il vous plaira. Cela est bon pour madame la Comtesse de se frapper l'imagination pour la moindre chose, et ensuite de se guider d'après ses rêveries. Elle a l'esprit faible, mais cela même doit vous servir de leçon, car vous voyez qu'elle se trompe presque toujours dans toutes les choses où elle croit reconnaître des présages, des augures, des pressentimens.

PAULINE.

Cela est vrai.

MARTON.

D'ailleurs, puisque votre cousine vous a prévenue, en grand secret, que M. le Marquis de Nohan, voulant vous voir et vous entendre avant de se faire connaître, avait imaginé d'employer le moyen que cent comédies indiquent, de se présenter ici d'abord sous le nom d'un de ses amis, le Marquis de Linchamps, cela vous donnera plus de facilité pour l'écarter s'il vous déplaît, car vous serez censée ne rebuter qu'un étranger importun, ou punir une défiance blessante dans votre futur.

PAULINE.

Cette bonne idée me rend un peu de courage.

SCÈNE II.

LES MÊMES, LE COMTE ET LA COMTESSE DE THILAY.

LE COMTE.

Allons, gaie ma chère fille, voici le grand r! (*Il lui baise le front.*)

LA COMTESSE.

Ma chère enfant, embrasse moi; j'ai le cœur content, c'est bon augure!

PAULINE.

Maman, vous êtes si bonne!

LA COMTESSE.

Tu as l'air de craindre quelque chose, ma fille! Je n'aime pas cet air.

LE COMTE.

Ce n'est pas de la crainte, ma femme; c'est de l'émotion, bien naturelle dans un tel moment; n'allez pas vous frapper l'imagination à votre ordinaire!

LA COMTESSE.

Vous le voyez, mon ami, j'étais venue ici avec le cœur content, et voilà que son air inquiet m'a toute troublée. Je ne sais plus que penser.

LE COMTE.

Attendez que le Marquis soit venu, et vous verrez que tout ira bien. Je n'ai pas souvent des pressentimens, moi, dieu merci!

votre exemple m'en aurait corrigé d'ailleurs ;
mais aujourdhui, je ne m'en deffends pas,
j'ai bonne idée de ce qui doit arriver ; et
ma bonne idée est du moins fondée sur
des données certaines, c'est que le Marquis
de Nohan est d'un bon caractère, qu'il est
riche, dans une belle carrière, de bonne famille, et que sans l'avoir vu nous savons qu'il
est beau et bien fait. Voilà des faits positifs, et
plus qu'il n'en faut, pour nous assurer que
c'est le mari qui convient à notre chère fille.
Voilà mes pressentimens à moi !

LA COMTESSE.

J'aime beaucoup vos pressentimens, mon
ami ; je vous rends la justice que vous mé-
ritez, vous raisonnez toujours juste. Cependant l'inquiétude où je vois ma fille...

PAULINE.

Ah, maman, si j'étais seulement assurée
que s'il ne me plaisait pas vous consentiriez..

LA COMTESSE.

A tout ce que tu voudras, mon enfant,
à tout ce que tu voudras.

PAULINE.

Ah, maman!

LA COMTESSE.

Puisqu'il doit se présenter d'abord sous le nom du marquis de Linchamps, nous verrons quelle impression sa figure fera sur nous; et nous aurons plus de liberté pour nous conduire selon le bon ou le mauvais augure que nous en pourrons tirer.

PAULINE.

C'est à peu près ce que me disait Marton tout à l'heure.

LE COMTE.

Ce que j'aime de ce changement de nom, c'est un certain petit air de vieille comédie qui peut amener des scènes divertissantes.

SCÈNE III.

LES MÊMES, LE MARQUIS DE LIN-CHAMPS.

LE MARQUIS.

Personne n'est là pour annoncer?.. Pardon, monsieur!

LE COMTE.

Qui demandez-vous, monsieur?

LE MARQUIS.

Monsieur le Comte de Thilay?

LE COMTE.

C'est moi-même, monsieur.

LE MARQUIS.

Monsieur, j'arrive de Strasbourg...

LE COMTE.

De Strasbourg?.. Ah, M. le Marquis, que je suis enchanté de vous voir! soyez le bien venu! Nous vous attendions avec un grand empressement.

LE MARQUIS.

Ce n'est pas moi que vous attendiez, monsieur le Comte; voici des lettres et des papiers...

LE COMTE

Ah, je reconnais déjà l'écriture! Ma femme, voici des lettres de mon frère. Soyez le bien arrivé M. le marquis!

LE MARQUIS.

Monsieur...

LE COMTE.

Ma femme, ma fille, je vous présente M. le Marquis de Nohan.

LE MARQUIS.

Non, M. le Comte! En vous apportant ces lettres et ces papiers, qui appartenaient...

LE COMTE.

Je sais ce qu'ils disent, je les lirai à mon aise. Actuellement je veux me livrer au plaisir de causer avec mon gendre futur, et futur très prochain, car, monsieur, tout est prêt. Nous vous avons accepté pour gendre sur tout ce que nous savions de votre caractère et de votre famille, il ne nous restait qu'à vous connaître personnellement, qu'à vous voir en un mot...

LE MARQUIS.

M. veuillez m'entendre! je ne suis point le Marquis de Nohan; je suis le Marquis de Linchamps; et je viens avec ces papiers...

LE COMTE (*regardant la Comtesse et sa fille d'un air d'intelligence.*)

Nous y voilà, c'est cela! (*Haut.*) Pou

quoi feindre, M. le Marquis? cela est super-
flu. Il y a des gens qu'on doit juger du
premier coup-d'œil, quand d'ailleurs on
les connaît de longue main, qu'on sait que
l'on se convient sous le rapport des intérêts,
des relations, etc. Ainsi vous devez déjà
avoir reconnu que je suis un bon vivant,
que la Comtesse est une bonne femme, et
Pauline une fort jolie fille!

LE MARQUIS.

Mademoiselle est charmante! Je n'ai rien
vu de plus joli qu'elle! Mais...

LE COMTE.

Eh bien! que voulez-vous de mieux?
quant à moi, je le déclare franchement,
ce que je vois de vous est tout-à-fait propre à confirmer nos arrangemens. Qu'en pensez vous, Comtesse?

LA COMTESSE.

Tout ce que je vois me paraît aussi d'un
heureux augure, je ne m'en deffends pas. (*à
part.*) Pauline est du même avis, ce me
semble.

LE MARQUIS.

Madame, je ne puis cependant vous laisser persister dans l'erreur où vous êtes... il est impossible...

LE COMTE.

Allons, sans façons ! Vous logerez chez moi ! Donnez des ordres pour que vos gens apportent vos effets ici !

LE MARQUIS

Mais, monsieur !... Si vous vouliez permettre...

LE COMTE.

Allons, allons, point de défaites !

LE MARQUIS (*à part.*)

Comment, il ne me laissera pas dire un mot ! (*Haut.*) Mais encore une fois, monsieur, ces papiers...

LE COMTE.

Ce ne sont que des lettres d'usage pour vous servir d'introduction ; n'êtes vous pas le Marquis de Nohan ?

LE MARQUIS.

Je suis le Marquis de Linchamps, vous
dis-je !

LE COMTE (*riant à part, et regardant la
Comtesse.*)

Il insiste avec une persévérance qui m'étonne ! Allons, puisqu'il le veut, feignons de le
croire *!* (*Haut.*) C'est bon ! C'est bon ! suffit *!* Nous savons ! C'est entendu !

LE MARQUIS.

Le malheureux Nohan vient de mourir !

LE COMTE.

De mourir ? Ah, ceci devient grave ! (*Il
rit à part.*) Quel malheur !

LE MARQUIS.

Hélas ! oui, monsieur, et ces papiers...

LE COMTE.

Je vais lire ces papiers dans mon cabinet ;
je vous laisse avec ma femme et ma fille...
mais il est entendu que vous allez venir
prendre votre logement chez moi, M. le
Marquis... de Linchamps. Vous auriez déjà

dû y descendre... comme ami de M. de Nohan, j'entends!.. Je vous attends, à revoir!
(*Il sort.*)

SCÈNE IV.

LA COMTESSE, LE MARQUIS, MARTON.

LE MARQUIS (*à part.*)

Quelle légéreté! Apprendre une telle nouvelle avec cette indifférence! Cela se peut-
il concevoir? Mais, non! il est évident qu'ils
ne veulent voir en moi que le Marquis de
Nohan! Cela est incroyable! (*Haut.*) Madame, un tel accueil me flatterait infiniment,
si je pouvais honnêtement en profiter, mais
l'obstination avec laquelle...

LA COMTESSE.

Pourquoi donc, M. le Marquis, toutes ces
cérémonies? Au point où nous en sommes,
vous devez accepter, sans hésiter, les offres
de M. le Comte.

LE MARQUIS.

Mais, madame, encore une fois, je ne
suis point le Marquis de Nohan!

LA COMTESSE.

N'importe, il nous suffit de savoir que vous êtes le Marquis de Linchamps! C'est la même chose pour nous! Nous pouvons vous assurer que nous vous voyons avec un égal plaisir soit que vous portiez le nom de Nohan, soit que vous portiez celui de Linchamps, qui d'ailleurs appartient à une famille que nous estimons beaucoup.

LE MARQUIS.

Allons! Il n'y a pas moyen... parbleu il en arrivera tout ce qui pourra, puisqu'il ne veulent pas m'écouter !.. La jeune personne est charmante!... et ma foi.... (*Haut.*) Cependant, madame, sans venir loger ici...

LA COMTESSE.

Vous vous deffendez en vain, M. le Marquis, je ne reçois pas vos excuses. Je vais donner des ordres pour que votre appartement soit prêt dans un instant, et vous resterez dès aujourd'hui avec nous pour diner ; en un mot, vous ne nous quitterez plus. Je vous laisse avec ma fille, je reviens dans un instant.

SCÈNE V.

PAULINE, MARTON, LE MARQUIS.

LE MARQUIS (*à part.*)

Il faut convenir que me voilà singulièrement lancé! Ma foi, laissons nous aller! Au bout du compte, cette personne est charmante, et le rôle de son futur n'est pas du tout difficile à remplir! (*Haut.*) Mademoiselle, je joue ici, bien malgré moi je vous assure, un étrange rôle! Je semble refuser l'heureuse qualité de votre futur, en refusant le nom du Marquis de Nohan! Cependant le sentiment que j'éprouve pour une aussi aimable personne, et le bonheur qui vient s'offrir à moi, seraient bien propres à m'éblouir et à excuser le manque de délicatesse qui me laisserait profiter de la position où me place l'inconcevable obstination de vos parens, à vouloir voir en moi le Marquis de Nohan, quelque chose que je fasse pour les tirer d'erreur! Ils veulent bien m'agréer, disent ils, quelque soit mon nom ; je suis flatté au delà de toute expression de cet accueil, car je dois reconnaître qu'il n'est pas le seul effet de l'erreur où ils sont, et que ma personne du moins ne leur est pas désagréable ; d'ailleurs ma famille leur est connue et je sais qu'ils l'estiment ; mais j'ignore encore ce que le Marquis de Linchamps doit espèrer ou craindre de la belle Pauline ! Elle seule doit décider de mon bonheur ou de mon malheur ! Un seul mot d'une si belle bouche, un seul regard de ces yeux si charmans, pourraient me rendre le plus heureux des hommes ! Cet instant va décider de toute ma vie !

PAULINE (*bas à Marton.*)

Marton, il est fort aimable *!*

MARTON (*bas à Pauline.*)

Quand je vous le disais ! Ils sont toujours comme cela, quand c'est pour nous qu'ils viennent !

LE MARQUIS.

Dites un mot, mademoiselle, un seul mot !

PAULINE (*embarassée.*)

Monsieur !

LE MARQUIS.

Mademoiselle... dois-je rester ?

PAULINE.

Monsieur, mon père et maman vous en ont prié.

LE MARQUIS.

Que je suis heureux ! Vous voulez donc bien, malgré mon nom, consentir à mon bonheur en me permettant de rester ?

PAULINE (*avec embarras.*)

Monsieur...

MARTON (*bas.*)

Courage, mademoiselle, vous le trouvez si bien !..

PAULINE (*avec modestie et timidité.*)

Je dois confesser, monsieur, que je partage les sentimens de mes parens, qui accordent au Marquis de Linchamps, l'accueil qu'aurait pu désirer le Marquis de Nohan.

LE MARQUIS (*à part, avec transport.*)

Elle est ravissante!! (*Haut*) Ah, mademoiselle, que je suis heureux, car cet aveu m'est bien réellement destiné!.. Je puis désormais profiter sans remords... bien que je ne doive tant de bonheur qu'à une circonstance si étrange, si imprévue qu'elle est à peine concevable!.. (*très-vivement.*) Mademoiselle, je n'ai rien à m'en reprocher, et tout pourra facilement s'arranger!.. Je vais trouver un oncle qui me présentera à M. votre père, et alors, mademoiselle, et alors... puisque le Marquis est mort... j'espère qu'il n'y aura aucune difficulté.. Je n'ai pas un instant à perdre... je cours... je vais... je reviens dans l'instant! (*Il sort précipitamment.*)

SCÈNE VI.

PAULINE ET MARTON (*stupéfaites.*)

PAULINE.

Marton?

MARTON.

Mademoiselle?

PAULINE.

Qu'en dis-tu ?

MARTON.

Ma foi, mademoiselle je ne sais pas même qu'en penser !

PAULINE.

Il paraît bien aimable, mais un peu vif ! N'a-t-il pas dit quelqu'extravagance ?

MARTON.

Il paraît passionné ! Quel feu ! Mais en vérité je pense comme vous, il me paraît qu'il a dit quelque chose d'extraordinaire ! Je m'y perds ! Vous lui avez donné le transport en un instant.

PAULINE.

J'avoue qu'il m'a étonnée. Il a paru si enflammé, si transporté après mes reponses ! Et puis il a disparu !

MARTON.

Mais, en cherchant à me rappeler tout ce qu'il a dit depuis son entrée, il me semble qu'en effet, il n'a pas tenu un seul

142

discours entier, il commençait des phrases
qu'il n'achevait pas...

PAULINE.

Parce que mon père et ma mère l'in-
terrompaient toujours!

MARTON.

Il n'y avait pas une idée suivie dans ce
qu'il disait!

PAULINE.

Ah, que tu es injuste! Ce qu'il m'a dit
à moi était de si bonne grâce, si tendre,
si bien exprimé!

MARTON.

C'est vrai... mais tout à coup...

SCÈNE VII.

LES MÊMES, LA COMTESSE.

LA COMTESSE.

Eh bien, le Marquis est déjà parti?

PAULINE (*pensive.*)

Oui, maman, il est déjà parti!

MARTON.

Et d'une manière si singulière, que nous ne savons qu'en penser ! Il a pressé mademoiselle de lui dire s'il devait espérer qu'elle agréait son amour, et sur une réponse qui était bien propre à le charmer, il l'a été tellement que...

LA COMTESSE.

Eh bien, dis donc vite ! que...

MARTON.

Parlez donc vous même, mademoiselle !

LA COMTESSE.

Ah, mon dieu ! dites donc quelque chose.

PAULINE.

Que... il nous a paru faire quelques extravagances... il avait un air si animé, si vif, si passionné... il a comme perdu la tête en un moment... il répétait ce qu'il vous avait déjà dit que le Marquis était mort... qu'il allait trouver un oncle pour se faire présenter... que sais-je ! il parlait avec une volubilité !.. Et il est parti disant qu'il allait revenir !..

LA COMTESSE.

Que signifie tout cela ? J'ai des pressentimens bien sinistres ! Il me plaisait cependant beaucoup ce jeune homme ! Mes
premières impressions m'auraient-elles trompée! Ta tristesse de ce matin ... tout cela ne
dit rien de bon ! Viens ; mon enfant ; allons
causer avec ton père ; je ne sais personne
de meilleur conseil que lui.

SCÈNE VIII.

LES MÊMES, LE COMTE.

LE COMTE.

Eh bien ! tous ces papiers sont en règle,
il n'y manque rien ! nous pouvons faire la
noce sur le champ ! Qu'en penses-tu ma fille ?
C'est un joli homme que le Marquis ?

PAULINE.

Oui mon père, je le trouve fort bien !

LA COMTESSE.

Mais elles disent qu'il est parti d'une
manière si brusque, si singulière, que je les

ai trouvées ici toutes deux dans l'étonnement le plus grand! Cela est de facheux
augure !

LE COMTE.

Allons, allons, ma femme, ne tirez pas
d'augures! laissez moi mener cette affaire.
A-t-il été aimable pour toi ma fille ?

PAULINE.

Charmant, mon père *

LE COMTE.

Eh bien donc, que voulez-vous de mieux ?
Il est sorti dites vous ? il va revenir ! Il
ne faut pas se forger des chimères! Allons,
je venais vous chercher pour vous lire ce
que m'en écrit encore mon frère et comment ton portrait, qu'il lui a fait voir, l'a
enflammé. Vous verrez si cela n'est pas d'un
bon augure. Venez, venez! (*Il les prend*
sous le bras et les emmène.)

SCÈNE IX.

MARTON (*seule.*)

Tout est bien! Tout est parfaitement

bien! sauf l'air et les paroles de son départ si précipité!.. Je m'y perds... Ah, je vais savoir quelque chose j'espère, car le voici !

SCÈNE X.

MARTON, LE MARQUIS.

LE MARQUIS (*distrait.*)

Mon oncle n'y était pas... mais il va revenir... et me présentera aujourd'hui même... (*Il apperçoit Marton.*) Oh! mademoiselle, l'aimable personne que votre jeune maîtresse! Qu'elle est jolie! qu'elle est charmante! qu'elle est ravissante!

MARTON.

Voilà de bonnes dispositions pour le mariage !

LE MARQUIS (*avec distraction.*)

Quel bonheur que son futur soit mort! Que je suis heureux!

MARTON (*vivement.*)

Que dites vous donc, monsieur?

LE MARQUIS.

Je dis que c'est un grand bonheur que
le Marquis de Nohan, qu'elle devait épouser,
soit mort!

MARTON.

Monsieur, j'entends bien, mais je ne comprends pas; car ce ne peut être sérieusement
que vous dites cela.

LE MARQUIS.

Je répète, qu'il est fort heureux que mon
ami soit mort!

MARTON (*à part.*)

Allons voilà que cela lui reprend comme
ce matin! (*Haut.*) Ah ça, mais, monsieur,
puisque ma maîtresse vous plaît, et que vous
savez que vous ne lui êtes pas indifférent,
pourquoi donc mettez vous tant de persévérance à vouloir nous faire croire que
vous êtes le Marquis de Linchamps, et que
le Marquis de Nohan est mort? La suppo-
sition n'a plus de motifs; cessez de feindre!

LE MARQUIS.

Que dites vous donc? Croyez vous que

je sois fou? Par ma foi, il est vrai qu'il ne s'en faut guère, je dois l'avouer, car votre jolie maîtresse me fait perdre la tête. Je ne conçois rien de si charmant ! Cependant si on m'eut l'aissé parler dans cette maison, vous verriez que ma folie n'est pas ce que vous croyez. Écoutez moi, car aussi bien il faut que vous parliez à votre jeune maîtresse en particulier et qu'elle sache dès à présent ce qui se passe ! L'intérêt qu'elle m'a témoigné m'a mis hors de moi !

MARTON.

Parlez, monsieur ! je suis d'une curiosité !

LE MARQUIS.

Eh bien, mon enfant, sachez que très positivement, je ne suis pas le Marquis de Nohan...

MARTON.

Est-ce sérieux ce que vous dites là ? N'est-ce point une feinte, monsieur ?

LE MARQUIS.

Point du tout, dieu merci ! C'est fort sérieux, je vous assure !

MARTON.

Quoi tout de bon ? Vous n'êtes pas le Marquis de Nohan ? Ah ! mon dieu, j'en suis fâchée !

LE MARQUIS.

Et moi, très content, je vous le certifie ! car il est mort cette nuit en arrivant de Strasbourg avec moi. A peine y avait il une demi heure que nous étions descendus à l'hôtel, qu'un mal, dont il avait ressenti les premières atteintes en route, l'a enlevé subitement.

MARTON.

Ah ! grands dieux, quel événement ! Ceci va tout changer ! Tout le monde en riait jusqu'à présent, parce qu'on n'y croyait pas ! Ainsi donc vous êtes bien réellement le Marquis de Linchamps ? Vous ne me trompez pas ?

LE MARQUIS.

Eh, sans doute ! Pourquoi diable vous obstinez vous tous ici à vouloir que je sois le Marquis de Nohan, quoique je me tue à vous dire que non ?

MARTON.

C'est, monsieur, qu'on avait écrit à mademoiselle Pauline, que pour mieux la connaître, son futur se présenterait d'abord sous
le nom du Marquis de Linchamps.

LE MARQUIS.

Ah! Ah! Je comprends actuellement tout
ce quiproquo! Mais comment a-t-on pu
savoir cela? Car je l'ignorais moi-même;
il m'en avait fait un mystère. Je me rappelle
effectivement qu'il m'avait parlé d'un projet
secret qu'il ne devait me dévoiler qu'à Paris!
C'est cela! Tout est expliqué! Je conçois!
C'était là son projet! (*d'un air rêveur et
distrait.*) Oui, c'était bien là son projet...
mais... vous concevez, mademoiselle, qu'il a
dû... y renoncer...

MARTON *(riant.)*

Oui, oui! je le conçois! il a dû en effet
y renoncer! Je conçois aussi que monsieur
le Marquis est quelquefois distrait, et qu'en
ce moment par exemple...

LE MARQUIS.

C'était mon ami de collège; je l'accom-

pagnais pour lui servir de témoin à sa noce ;
le voyant mort, je me décidai à prendre
ses papiers et à venir les apporter ici au
Comte de Thilay en lui faisant part de cet
événement ! Vous savez ce qui est arrivé,
et qu'à toute force on m'a pris pour lui,
sans vouloir m'entendre dire un mot ! Ma
foi ! le rôle n'était pas facheux à remplir !
Mademoiselle de Thilay m'a paru charmante,
et l'accueil qu'elle m'a fait, m'est certainement personnel ; et cet accueil, qui m'a
charmé, m'a fait entrevoir la possibilité de
prendre la place que mon pauvre ami devait
occuper !

MARTON.

Ah ! je comprends, monsieur, mais...

LE MARQUIS.

Puisque mademoiselle de Thilay a bien
voulu m'agréer, et ses parens aussi, je puis
espérer que le changement de nom ne me
fera pas de tort ; le Marquis de Linchamps
n'a, dieu merci, rien à envier au Marquis
de Nohan ! Mon nom et ma famille sont
estimés du Comte de Thilay ! Mon oncle,

qui habite ici près, est de ses amis et me
présentera ce soir. Suis-je donc si fou ?

MARTON.

Mais non, car vous plaisez à ma maîtresse.

LE MARQUIS.

Si je suis fou, c'est d'amour subit pour
mademoiselle de Thilay; sa grace est par-
faite! Je ne connais rien de plus aimable!
instruisez la de tout ceci en secret; elle
doit seule en être informée. Jusqu'à ce que
mon oncle soit venu, je veux éviter une
explication avec le Comte et la Comtesse;
j'ai assez fait jusqu'à présent pour ma délicatesse, et pour qu'on ne puisse jamais me
reprocher d'avoir causé une erreur qui m'est
si favorable; j'ai été tout à fait étranger
à cet heureux quiproquo, auquel je dois un
aussi grand bonheur que celui d'avoir acquis,
dès le premier instant, la certitude de plaire
à votre belle maîtresse. Le bonheur est venu
me chercher, ne serait-ce pas folie que de
lui tourner le dos?

MARTON (à part.)

Voilà assurément une singulière aventure,

et qui ne peut mal tourner, à moins que le mal subit qui expédie si vite les Marquis, ne vienne à se gagner, et que ce Marquis ci ne disparaisse comme l'autre en un instant! (*Haut.*) Monsieur je vais tâcher de voir mademoiselle seule. (*Elle sort.*)

SCÈNE XI.

LE MARQUIS (*seul, marchant avec distraction.*)

Oh! que je suis impatient de voir mon oncle!.. Ce pauvre Nohan!.. Quelle diable de colique l'a emporté!.. Mais, sans cela, que serais-je devenu après avoir vu sa future si jolie?.. malheureux!.. Et lui?.. malheureux aussi!.. Et elle?.. malheureuse!.. très-malheureuse!.. car enfin elle m'aime!.. elle m'aime beaucoup!. Jamais colique n'est venue!.. Ah! ça mais, quelle heure est il?.. (*Il regarde à sa montre.*) Cinq heures! Oh! oh! je n'ai pas grand temps à perdre pour assister aux funérailles!.. (*Avec distraction et chagrin.*) Ce pauvre ami!.. quel service il m'a rendu là! aussi à la première occasion... certainement... (*Cinq heures et demie sonnent à la pendule.*) Ah mon dieu ! cinq heures et demie ! ma montre retardait... l'officier civil doit venir à cinq heures trois quarts, et la pompe funèbre est à six heures... Allons. (*Il se dispose à sortir.*)

SCÈNE XII.

LE MARQUIS, LE COMTE.

LE COMTE.

Eh bien, Marquis, où allez-vous donc si vite ? Que diable, il n'est pas l'heure de sortir, mais de se mettre à table !

LE MARQUIS (*d'un air préoccupé.*)

Pardon, une affaire très-pressée...

LE COMTE.

Mais il faut dîner !

LE MARQUIS.

Je ne dînerai pas aujourd'hui ! Merci !

LE COMTE.

Comment ! Ne pas dîner ? Que dites vous donc ? y pensez vous ?

LE MARQUIS.

Je ne puis absolument! Une affaire importante, indispensable, m'appelle en ce moment...

LE COMTE

Des affaires! Des affaires! Comment pouvez vous avoir des affaires ici? Vous n'y connaissez personne! Vous arrivez! et l'on ne fait nulle part des affaires à l'heure du dîner! Allons, restez!

LE MARQUIS.

Je ne puis, c'est impossible, vous dis-je!

LE COMTE.

Je ne puis croire...

LE MARQUIS (*avec distraction et d'un air mystérieux.*)

Eh bien écoutez!... Vous me pressez tellement... je ne voulais vous rien dire avant que mon oncle ne fut venu... mais je vois bien que... enfin, que voulez vous, la pauvre humanité est ainsi faite...

LE COMTE (*stupéfait.*)

Que diable dites vous donc là, Marquis de Nohan?

11

LE MARQUIS (*du même ton.*)

Ah bien oui, le Marquis de Nohan! il s'agit bien de cela vraiment!..

LE COMTE.

Allons! Est-ce que vous voulez persister dans votre changement de nom? Cela est sans objet puisque tout est vu et que nous nous convenons! que diable, reprenez votre nom!

LE MARQUIS.

Eh bien, soit! Allons, j'y consens, M. le Comte, je suis le Marquis de Nohan, puisque vous le voulez absolument. Mais que répondriez vous si je vous disais : « *M.* « *le Comte, je suis au désespoir de vous* « *manquer de parole; mais un mal subit* « *m'a pris cette nuit; je suis mort à qua-* « *tre heures du matin en arrivant à Paris,* « *et je dois être enterré ce soir à six heures?* »

LE COMTE.

Comment? Comment?

LE MARQUIS (*vivement.*)

Hélas! Oui, monsieur le Comte, c'est

l'exacte vérité, j'ai rendez-vous pour cela! vous voyez bien que je n'y puis manquer absolument... c'est un devoir bien rigoureux! Excusez, je me sauve pour ne pas faire attendre ces messieurs, et je reviens aussitôt que la cérémonie sera faite! J'aurai l'honneur de vous être présenté par mon oncle. (*Il sort en courant.*)

SCÈNE XIII.

LE COMTE (*seul.*)

Oh voilà quelque chose de déconcertant! Comment, ce pauvre jeune homme a la cervelle dérangée! Elles me le disaient bien! Ah! ma pauvre fille! Ceci m'inquiète sérieusement! Que faire?.. Il me paraît que dans l'état où il est il ne devrait pas rester seul... si j'envoyais le fidèle La Fleur près de lui... l'idée est bonne! (*Il appelle.*) La Fleur! La Fleur!

SCÈNE XIV.

LE COMTE, LA FLEUR.

LA FLEUR.

Me voilà, monsieur le Comte!

LE COMTE.

Va-t-en ici près à l'hôtel d'Angleterre, où le Marquis de Nohan, que tu as vu ici ce matin, est descendu cette nuit venant de Strasbourg. Tu t'informeras de ce qu'il fait, comment il se porte, s'il a besoin de secours ; je le crois malade ; s'il est nécessaire, établis toi près de lui, et fais moi savoir bien vite quelque chose ; va mon ami !

LA FLEUR.

C'est à quatre pas d'ici, j'y cours !

LE COMTE.

Cette précaution est bonne et sage ; elle me donne un peu de repos.

SCÈNE XV.

LE COMTE, LA COMTESSE, PAULINE, ET MARTON.

LE COMTE.

Eh, bien Comtesse, que vous disent vos pressentimens en ce moment ?

LA COMTESSE.

Rien de bon ! je ne suis pas satisfaite.

LE COMTE.

Et toi, Pauline?

PAULINE (*regardant Marton d'un air d'intelligence.*)

J'augure assez bien de ceci, mon père!
Vous et maman avez été frappés du bon
air du Marquis, et j'avoue qu'il m'a plu
d'abord...

LA COMTESSE.

Oui, mais depuis tu nous a dit une scène
si étrange, de si facheux augure!

PAULINE.

Eh bien, maman, en causant depuis avec
Marton, nous avons trouvé que cela s'ex-
pliquait assez bien! En un mot j'ai le cœur
content.

LA COMTESSE.

Ah! Voilà qui est de bien bon augure!
tu me réjouis, mon cher enfant!

MARTON.

Oui, madame, et moyennant que vous
trouveriez tout simple, quelque chose qui

est très extraordinaire, vous comprendriez facilement...

LA COMTESSE.

Voilà qui est clair !.. Mais n'importe ! en fait d'augures, il ne faut pas chercher de clarté ; et il me suffit de te savoir le cœur content, pour avoir la meilleure opinion de tout ceci !

PAULINE.

Oui, maman !

LE COMTE.

Pour moi, mes enfans, je serais désolé de troubler votre joie ; cependant ce que j'ai vu là tout à l'heure...

PAULINE.

C'est égal, mon père ! ça ne fait rien !

LE COMTE.

Comment, c'est égal ? Qu'en sais-tu ? comment peux-tu savoir ce qui vient d'arriver ?

PAULINE.

Aussi je ne sais pas ; mais c'est égal, j'en suis bien sûre !

LE COMTE.

Tu es donc folle aussi , ma fille ! Sais-tu qu'il extravague ?

PAULINE.

Non , mon père , il n'extravague pas ! On le croirait d'abord , il est vrai ! Mais en suite...

LE COMTE.

Ma chère enfant , ta confiance te prépare un grand chagrin !

PAULINE.

Oh ! que non , mon père !

LE COMTE.

Mais , sais-tu qu'il m'a dit tout à l'heure qu'il était mort , et qu'il allait se faire enterrer ?

LA COMTESSE.

Ah ! grands dieux ! quelle folie !

PAULINE.

Ah ! maman ne vous effrayez pas ! C'est un mal entendu ; ce n'est pas lui qui est mort.

LA COMTESSE.

Je l'entends bien , mais pour parler ainsi il faut avoir perdu la tête !

SCÈNE XVI.

LES MÊMES, LA FLEUR

LA FLEUR (*accourant d'un air effrayé.*)

Ah ! monsieur !

LE COMTE.

Eh bien, qu'est-ce ? parle ! tu as l'air effrayé !

LA FLEUR

Ah ! monsieur ! Que dieu ait pitié de nous !

LE COMTE.

Que diable as-tu donc ? dis donc vite !

LA FLEUR.

Ah ! monsieur, c'est incroyable ! C'est miraculeux ! Le Marquis de Nohan, que vous avez eu ici toute la journée...

LE COMTE.

Eh bien, Va donc, Finiras-tu ?

LA FLEUR.

Eh bien, monsieur ! en arrivant de Strasbourg, à quatre heures du matin, il a été saisi d'une colique de miséréré, il était mort à six heures, et on vient de l'enterrer en ce moment!

LA COMTESSE.

Ah ! mon dieu !

LE COMTE.

A l'autre actuellement ! nigaud !

LA FLEUR.

Monsieur, rien n'est plus certain ! Je viens de voir le cortège funèbre, et j'ai parlé au maître de l'hôtel qui m'a dit tout cela ; et tout le monde parle d'un événement si malheureux ; mais je n'ai dit à personne qu'i était revenu ici toute la journée ! je n'avais garde vraiment de discréditer ainsi votre maison.

PAULINE.

Eh non, mon père, ce n'est pas lui qui est mort ! c'est le Marquis de Nohan ! Il l'a expliqué à Marton !

LE COMTE.

Ma chère enfant, tu perds la tête aussi assurément !

164

SCÈNE XVII.

LES MÊMES, LE MARQUIS.

*(Aussitôt que La Fleur voit le Marquis
il se sauve en jettant de grands cris
de frayeur.)*

LE MARQUIS.

Madame la Comtesse, monsieur, permettez
moi d'expliquer tout cet imbroglio. Je n'ai
point à me reprocher de vous avoir voulu
tromper; je suis bien réellement le Marquis de
Linchamps; mon oncle est votre ami; vous
connaissez ma famille. J'accompagnais ici
mon ami de Nohan; il est mort en arrivant;
je me présentai avec ses papiers pour vous
informer de ce malheur; vous me rendrez
la justice de reconnaître que tout ce qui est
arrivé depuis mon entrée dans votre maison,
est la conséquence d'une erreur que je n'ai
point provoquée, et que j'ai cherché vai-
nement à éviter. Cette erreur a amené un
événement que j'étais bien loin de prévoir,
et bien heureux pour moi, car il m'a permis, presqu'à mon insçu, de surprendre à la

pudeur de Mademoiselle votre fille, un aveu
bien doux, que je ne lui étais pas indifférent,
et cela à l'instant même où sa beauté me faisait
une impression vive et profonde. Permettez
moi de profiter d'un hazard si extraordinaire, lorsque les convenances s'y trouveront.
Mon oncle vient, en ce moment même, vous
confirmer et appuyer ma prière.

LE COMTE.

Ce pauvre Nohan ! mourir si jeune, si
subitement !

LA COMTESSE.

Dieu veuille avoir son âme !

LE MARQUIS (*à part.*)

Et moi sa maîtresse !.. (*Haut.*) J'espère
que la charmante Pauline ne deshéritera pas
le vivant en faveur du défunt ! L'aveu que
j'ai eu le bonheur de recevoir d'elle ne
regardait certainement que moi !

PAULINE.

Maman, répondez pour moi !

LA COMTESSE.

Comte, qu'en pensez vous ? Que doit-elle

répondre? Ceci m'est d'assez bon augure, à vous dire le vrai! la famille de Linchamps est excellente, et ce jeune homme fort bien!

LE COMTE.

Mais oui, je trouve tout cela à merveille! Marquis de Linchamps touchez là! laissons passer les premiers instants d'égards pour le défunt! Mais, au bout du compte, ma fille n'est pas veuve, et elle n'est pas obligée d'attendre un an.

PAULINE.

Non, mon père, je ne suis pas obligée d'attendre une année, je ne suis pas veuve.

LE MARQUIS.

Belle Pauline, cela vous arrivera le plus tard que je pourrai, car je crois qu'il sera fort doux de vivre près de vous.

Fin du Quiproquo involontaire.

LE PREMIER RELAI

DE LA DILIGENCE,

OU

TACHE DÉ SAVOIR AVEC QUI TU T'EMBARQUES.

PROVERBE.

PERSONNAGES.

LE CONDUCTEUR de la diligence.

LE CHEVALIER.

L'INGÉNUE de comédie.

Milord BEEFSTEACK.

LE POSTILLON.

VOYAGEURS.

Cette petite pièce est faite sur quelques anecdotes. Je voyageais, en 1822, dans le cabriolet de la malle-poste avec le courrier, qui avait anciennement été écuyer de Mesdames, tantes de Louis XVI, et les avait suivies à Rome et à Trieste, où elles sont mortes. Il est ensuite rentré en France, où il devint écuyer du roi Jérôme, qu'il suivit en Westphalie. Sa conversation, ne sachant à qui il parlait, et cherchant à le savoir, fut beaucoup plus comique que je n'ai réussi à la rendre ici.

L'aventure de l'Anglais à dîner chez un traiteur, où il se fit servir tout ce que demandait son voisin, est réelle, au combat près.

Enfin, en 1823, pendant quelques journées de chaleurs excessives, on fit circuler à Paris l'anecdote d'un Anglais qui avait pris la résolution de retenir deux places dans la diligence pour lui seul, et qui n'en put profiter, par l'effet du mal entendu rapporté dans ce proverbe.

LE PREMIER RELAI

DE LA DILIGENCE,

ou

TACHE DE SAVOIR AVEC QUI TU T'EMBARQUES.

---

*Le théâtre représente la grande route ;
la scène est au premier relai en partant
de Paris. La diligence vient d'arriver. Elle
est dételée et placée de biais sur le théâtre,
de manière que le timon est caché par la
coulisse, ce qui fait qu'on ne peut voir
les chevaux au moment où l'on suppose
la voiture relayée et prête à partir. La
voiture étant placée de biais, l'on voit que
le cabriolet est occupé par le Conducteur
et le Chevalier ; l'on voit également le fond
de la voiture occupé par trois voyageurs.*

SCÈNE PREMIÈRE.

LE CONDUCTEUR, LE CHEVALIER, ET LE POSTILLON.

LE CONDUCTEUR.

Allons postillon, mon ami, *fate presto!*

Nous sommes venus bon train, il faut actuellement repartir vite.

LE POSTILLON.

Voilà ! Voilà !

LE CONDUCTEUR (*causant avec le voyageur assis près de lui.*)

Hélas oui, M. le Chevalier, sans la Révolution je serais encore écuyer de S. A. R. C'était un bon maître que ce prince. Mais il a été tué en Italie, lorsque j'étais bien jeune. Je l'avais suivi par fidélité, et puis parce qu'on disait que nous allions rentrer bientôt. J'ai toujours été fidèle moi, voyez vous.

LE CHEVALIER.

Cela est très-bien, j'estime fort ce bon sentiment !

LE CONDUCTEUR.

Mais, pourtant, il faut vivre, et le mieux qu'on peut encore ; aussi j'ai toujours choisi des maîtres d'importance, et je m'y suis tenu fidèlement. *Ma, per una gran fatalità*, c'est toujours eux qui m'ont quitté.

LE CHEVALIER.

Quand le prince a été tué, qu'êtes vous devenu ?

LE CONDUCTEUR.

Eh bien, monsieur, ce prince là m'avait donné du goût pour les princes. C'est singulier, ça, j'ai toujours aimé les princes de préférence aux bourgeois! J'ai l'âme noble moi, et quand je parle à un grand seigneur et qu'il me répond : *tiens voilà pour boire*, cela m'élève, je me sens tout autre, il semble que je sois quasi devenu marquis! que voulez-vous ? *Sono fatto cosi!* J'avais été fidèle à ce prince là, et je me suis dit comme ça : *Je serais bien encore fidèle à un autre prince s'il y en avait*; mais il n'y en avait plus quand je suis rentré ! Comment faire ? il fallait bien m'en passer, et je m'y suis fait. Mais en restant les bras croisés il n'y avait pas de pain à manger! Comme j'étais bon écuyer, je me mis dans les charrois de cette maudite République *maledetta Repubblica!*

LE CHEVALIER (*fronçant le sourcil.*)

Hein ? Comment dites-vous ?

LE CONDUCTEUR (*embarassé.*)

Je dis que je servis dans les charrois, où je me tirai fort bien d'affaire, car j'étais brave *!*

LÉ CHEVALIER.

Ah ! c'est bien *!*

LE CONDUCTEUR (*rassuré.*)

Me trouvant ainsi malheureusement réduit à conduire l'artillerie contre ces braves Autrichiens, *bravi tedeschi...*

LE CHEVALIER (*vivement.*)

Hein ? Comment dites-vous ?

LE CONDUCTEUR.

Est-ce que vous ne savez pas l'italien, M. le Chevalier ?

LE CHEVALIER.

Non ! Parlez en bon français, si vous voulez que je vous réponde !

LE CONDUCTEUR.

Je pensai qu'il fallait faire contre mau-

vaise fortune, bon cœur; je me battis comme un diable, et je devins chef de service;
capo di servizio!

LE CHEVALIER.

Ah! C'est fort bien!

LE CONDUCTEUR.

Mais, ne voilà-t-il pas que sans que j'y
songeasse le moins du monde, tout ce que
je faisais là contribuait à élever un nouveau trône, et par conséquent à faire de
nouveaux princes à la diable! *Principi
indiavolati!*

LE CHEVALIER (*d'un air sévère.*)

Hein! Comment avez-vous dit?

LE CONDUCTEUR (*à part.*)

Oh! Oh*!* il est un peu sourd, le camarade;
ou bien il est de mauvaise humeur. (*Haut.*)
Je disais donc que voilà de nouveaux princes,
et que mon ancienne ambition me reprit
tout aussitôt. Je me démenai; je protestai
de ma fidélité; je fis valoir mes services, et
on me récompensa en m'admettant comme
écuyer chez un de ces princes, *altezza
imperiale...*

LE CHEVALIER.

Ah! Ah! C'est bien.

LE CONDUCTEUR.

Le prince devint bientôt roi, et mes gages augmentèrent. On poussait comme des champignons dans ces maudits tems là! *in quei cattivi tempi!*

LE CHEVALIER (*avec humeur.*)

Hein? Comment dites-vous?

LE CONDUCTEUR (*criant après le postillon.*)

Postillon! Postillon! Arrivez-vous donc?

LE POSTILLON (*arrivant.*)

Patience! Un des chevaux était déferré, il a fallu l'envoyer à la forge, il va revenir.

LE CONDUCTEUR (*descendant précipitamment*)

Comment déferré? Que diable! il fallait donc y regarder d'avance! Est-ce qu'on attend ainsi au moment du départ? Ah! coquin, si tu avais été dans les écuries de son altesse impériale,.. de son altesse royale, je veux dire, je t'aurais fait donner la bastonnade pour punir ta négligence! *si, si, la bastonata, caro lei.*

LE POSTILLON.

Soyez pas si vif, notre maître!

LE CONDUCTEUR.

Allons, va voir si ça finira *presto*.

(*Le Chevalier descend de cabriolet, tire un livre de sa poche, et se met à lire en se promenant.*)

SCÈNE II.

LES MÊMES, ET LORD BEEFSTEACK *qui arrive en cabriolet avec un grand empressement.*

LORD BEEFSTEACK.

Oh là, oh! Voilà le diligence. Goddam! monsieur le Conducteur, vous hêtes parti de Paris sans me hattendre!

LE CONDUCTEUR.

Je n'attends personne, Mylord; tant pis pour celui qui n'est pas là à l'heure dite! *Per baccho*, on ne peut pas retarder tout le service pour une seule personne!

LORD BEEFSTEACK.

Goddam! hune personne! hune personne!

Moi havoir payé pour trois personnes, et pour moi toute seule encore, savez vous? Parceque hil fait chaud!

LE CONDUCTEUR.

Si, si, è vero! Votre valet est venu hier soir retenir trois places en votre nom.

LORD BEEFSTEACK.

Ah! vous voyez donc bien que je suis pas hune personne, mais que je suis trois personnes! Il fallait me hattendre!

LE CONDUCTEUR.

Je n'attends pas plus trois personnes qu'une. Le service est réglé sur toute la route, d'après l'heure du départ de Paris; ce serait tout troubler que d'attendre ainsi, à la volonté des voyageurs. *Bisogna esser lesto a tempo!*

SCÈNE III.
LES MÊMES, LES VOYAGEURS DE L'INTÉRIEUR DE LA VOITURE.

L'INGÉNUE.

Monsieur le Conducteur, nous n'allons donc pas?

LE CONDUCTEUR.

Ah! Ah! la petite mère, vous aimez quand cela va, à ce qu'il paraît! *Quando si va presto!*

L'INGÉNUE.

Vraiment oui, monsieur; ouvrez s'il vous plait que je descende un instant. (*Il ouvre la voiture.*)

LORD BEEESTEACK (*à part.*)

Ah! Quelle jolie voix! helle va droit à mon cœur.

L'INGÉNUE (*descendue de voiture.*)

Ah! cela délasse un peu de descendre et de prendre l'air.

LE CONDUCTEUR (*riant.*)

Oh, oui, c'est toujours prendre quelque chose; ça fait toujours plaisir!

LORD BEEFSTEACK (*à part.*)

Ah! Quelle jolie personne! il me semble que je l'ai déjà vue. (*Au Conducteur.*) Quelle est cette jolie demoiselle?

LE CONDUCTEUR.

Questa ragazza grazioza? C'est une Ingénue.

LORD BEEFSTEACK.

Hune Hingénue? *What is that*? Qu'est-ce que c'est que hune Hingénue, monsieur le Conducteur?

LE CONDUCTEUR.

Une Ingénue? C'est une jeune fille innocente. Mais celle-ci est une Ingénue pour rire! C'est une demoiselle de comédie... qui fait semblant... Ah! Ah! Ah! Ah! Vous comprenez bien, n'est-ce pas? *Avete ben capito*?

LORD BEEFSTEACK.

Non! Je hentends pas bien du tout.

LE CONDUCTEUR.

Bah !.. Qnand je vous dis que son état est de faire semblant... de faire comme si elle ne savait pas... c'est clair ça !.. Hein? la bonne farce! Qu'en dites-vous? Aussi les Ingénues de comédie, c'est pour mourir de rire quand on les connaît. Ah! Ah! Ah! Ah!

LORD BEEFSTEACK.

Ah! je comprends. (*A part.*) Il faut tâcher de connaître ce petit Hingénue pour rire.

L'INGÉNUE (*riant aux éclats en regardant lord Beefsteack.*)

Ah ! ah ! ah ! ah ! qu'est-ce qu'il a à l'œil donc, ce monsieur là ! Comme il est fait ! Vraiment sans sa figure on ne le reconnaîtrait pas, je gage.

LORD BEEFSTEACK (*à part.*)

Voilà le Hingénue qui commence à rire, c'est bon signe pour faire le route avec.

L'INGÉNUE.

Monsieur est Anglais, sans doute ? (*A part.*) On le voit bien à son air goddam ! Hein ? A-t-il l'air goddam celui là ?

LORD BEEFSTEACK.

Je suis le lord Beefsteack.

L'INGÉNUE (*riant.*)

Ah ! ah ! ah ! c'est un nom fort connu ! j'ai déjeuné bien souvent avec la famille des Beefsteacks. C'est bien bon ! là, tout chaud, avec un peu de sauce !.. Ah ! ah ! ah !

LORD BEEFSTEACK.

C'est mes neveux ; vous connaissez donc, mademoiselle le Hingénue pour rire ?

L'INGÉNUE (*riant.*)

Oui ! oui !

LORD BEEFSTEACK.

Eh *!* mais aussi, il me semblait bien que ce n'était pas la première fois que je vous voyais ! hil est sûr que je vous aurai rencontré quelque part.

L'INGÉNUE.

Eh ! c'est cela même ! c'est sans doute là que nous nous serons vus, car, comme dit cet autre : j'y vais quelquefois ! regardez-moi bien.

LORD BEEFSTEACK.

Je vous prie de tourner le tête que je vous voie de profil.

L'INGÉNUE (*d'un air malin, et le regardant en face.*)

Est-ce de face que vous voulez voir mon profil ?

LORD BEEFSTEACK.

Eh, non *!*

L'INGÉNUE (*continuant à le taquiner.*)

Ah ! c'est donc de profil que vous voulez me voir en face ! mais je vous préviens d'une chose, c'est que je ne suis pas du tout ressemblante de profil; en face c'est une autre affaire.

LORD BEEESTEACK.

je hentends pas.

LE CONDUCTEUR (*riant.*)

Vous voyez bien qu'elle veut vous faire aller, Mylord!

LORD BEEFSTEACK.

Je hentends pas non plus.

L'INGÉNUE.

Ah, ça! mais, Mylord, vous avez donc boxé en route. Qu'est-ce donc que vous avez à l'œil gauche?

LORD BEEFSTEACK.

C'est rien! c'est rien! c'est que hen courant pour rattraper le diligence, je suis tombé avec le cabriolet, et le cheval, et le homme qui conduisait. Je suis tombé dessous et le homme dessus, et le cheval hil m'a entré dans l'œil! (*Ils rient tous.*)

L'INGÉNUE (*à part.*)

Là, quand je vous le disais, que c'est

un vrai goddam ! je parie qu'il tombe toujours dessous ! c'est un bon nigaud à connaître.

LE CONDUCTEUR.

Ah ! *Signor*, monsieur le Mylord, vous voilà
joliment déferré d'un œil ?

LORD BEEFSTEACK.

Déferré d'un œil ? *What is that* ?

LE CONDUCTEUR.

Je veux dire que vous avez reçu là une
fière gniole, une fameuse taloche, *una pu-
gnata terribile* !

LORD BEEFSTEACK.

Je hentends pas.

CONDUCTEUR.

Oh ! *Che diavolo* ! A quoi sert-il donc
d'être Anglais quand on n'entend pas seulement l'italien, ni le français ? Je dis que
vous avez reçu là un bon coup.

LORD BEEFSTEACK.

Un bon coup ? Est-ce que hil y a de
bons coups en French ? Hen Hangleterre
les coups hils sont jamais bons ! hils sont
toujours mauvais.

LE CONDUCTEUR (*riant.*)

Ah! ah! ah! on dit en bon français : boire un bon coup! ah! ah! ah!

LORD BEEFSTEACK (*riant.*)

Ah! ah! ah! je savais celui là! j'avais houblié! c'est vrai que hil est bien bon ce coup là. Ah! ah! ah!

LE CONDUCTEUR.

Il y a encore bien d'autres bons coups, en français dieu merci! Ah! ah! ah! ah! (*A part.*) Sans compter ceux qu'on donne aux Angalis! Ah! ah! ah! ah!

LORD BEEFSTEACK.

Oh! je commence à bien comprendre le french linguage! ma première leçon hil me ha coûté bien cher! j'arrivais de London, je hétais chez un traîteur, je savais pas comprendre à le grand papier aux rostbeefs, et je disais toujours à le garçon : *give me comme hà le monsieur qu'il hétait en face de moi!* le monsieur heureusement il hétait bien gourmand, et je hai fait un bon repas; hil me regardait toujours; moi poli je lui dis en sortant : *j thank you, sir, j have make a very good dinner*! Le monsieur gourmand hil hétait aussi un monsieur hirritable ; hil me dit : *vous m'insultez, venez vous battre*! je parlais english, hil comprenait pas! j'ai hété ; je me suis battu ; il a henfoncé son hépée dans les cotelettes à moi. (*Ils rient tous.*) J'ai happellé hun homme qui savait harranger les côtelettes, (*Ils rient tous.*) et hil m'a très-bien haccomodé mes côtelettes, et hun homme qui montrait le langue, (*Ils rient tous.*) et hil a bien commencé à me montrer le langue ; et je voyage seul pour gagner le habitude de parler ; et je paye trois places pour havoir pas trop chaud. Je suis content que vous voyagez ensemble, mademoiselle le Hingénue ; vous me montrerez le langue pendant le voyage n'est-ce pas? (*A part.*) Je connaîtrai bientôt comme ça, le petit Hingénue pour rire.

L'INGÉNUE.

Volontiers, Mylord, je vous donnerai quelques leçons pendant la route.

LE CONDUCTEUR (*riant.*)

Oui, oui, Mylord, il vaut mieux prendre une maîtresse qu'un professeur; on s'entend toujours mieux!

LORD BEEFSTEACK.

Et pour le prononciation aussi je me forme beaucoup fort; par exemple, Melle Hingénue, savez-vous pourquoi hil faut dire *Hamour?* c'est parceque l'H hil hest haspiré. (*Ils rient tous.*)

L'INGÉNUE.

Mylord, on ne fait rien ici; voulez-vous, en attendant que les chevaux soient prêts, entrer à l'auberge pour prendre quelques rafraîchissements?

LORD BEEFSTEACK.

Yes, yes, volontiers, le Hingénue; je suis très héchauffé; je veux prendre un réfroidissement avec vous. Allons nous réfroidir ensemble.

LE CONDUCTEUR (*à part.*)

Oui, prends garde de le perdre!

LORD BEEFSTEACK.

Ah ça! monsieur le Conducteur, ne par-

tez pas sans moi cette fois-ci! je suis là,
à prendre un réfroidissement avec le petit
Hingénue. Appelez-moi quand vous serez prêt.

LE CONDUCTEUR.

Va bene, va bene! prenez garde de
vous enrhumer, Mylord; on en meurt cette
année! (*A part.*) Il est bon là, avec son
réfroidissement, notre English!

SCÈNE IV.

LE CONDUCTEUR, LE CHEVALIER.

LE CONDUCTEUR (*à part.*)

Le diable d'homme que celui-ci; il m'est
impossible de deviner ce qu'il a dans l'âme;
il ne parle que par monosyllabes! est-il patriote? est-il ultrà? est-il du ventre? je
ne sais comment lui parler; *vediamo!* (*Haut.*)
Monsieur le Chevalier!

LE CHEVALIER.

Que me voulez-vous, camarade?

LE CONDUCTEUR (*à part.*)

Camarade, dit-il! oh! s'il n'est pas tout-
à-fait patriote, il est au moins du ventre;
je puis me lâcher un peu! (*Haut.*) Je vous
disais donc, monsieur le Chevalier, que me

revoilà encore une fois au service d'un prince, d'une nouvelle altesse impériale, qui
monta bientôt sur un trône. *Era un bra-*
v'uomo ! bien généreux ! il y avait du plaisir avec lui ! il jettait l'argent par les fenêtres !

LE CHEVALIER.

Tant pis ! c'est fort mal fait ! c'est le peu-
ple qui paye !

LE CONDUCTEUR (*à part.*)

Oh, quel enragé ! je ne sais par où le
prendre ! (*Haut.*) Sans doute, monsieur
le Chevalier, vous avez bien raison ! aussi
son Altesse Royale était plus sage que son
Altesse Impériale, plus économe, plus ran-
gée. Peut-être aussi n'avait-elle pas autant
d'argent ! les nouveaux venus en ont toujours
beaucoup, et ils n'en savent pas la valeur !
ça part comme c'est venu ! ce qui vient de
la flûte...

LE CHEVALIER (*d'un air sévère.*)

Hein ? Qu'est-ce que vous dites ? votre
second maître ne vous a-t-il pas fait du
bien ?   13

LE CONDUCTEUR (*déconcerté tout à fait.*)

Beaucoup! il a marié ma fille, il a fait élever mon fils!

LE CHEVALIER.

Ah! voilà qui est fort bien! cela est à merveilles! un prince qui se conduit de la sorte, n'est jamais un prince *à la diable*, comme vous le disiez tout-à-l'heure fort mal à propos! vous aviez tort de vous exprimer ainsi.

LE CONDUCTEUR.

Dame! écoutez donc, on ne sait pas toujours à qui on parle!

LE CHEVALIER.

Et pourquoi parlez vous?

LE CONDUCTEUR (*à part.*)

Il blâmait ces princes là tout-à-l'heure, et voilà actuellement qu'il les loue! (*Haut.*) J'eus le malheur [de tomber de cheval le jour de son couronnement, en courant devant sa voiture; je me cassai le bras; il me donna une grosse somme et une bonne pension.

LE CHEVALIER.

Cela fait honneur à son bon cœur. C'est très-bien! Marier votre fille, faire élever votre fils, vous consoler dans votre malheur, tout cela n'est pas jetter l'argent par les fenêtres, comme vous venez de le dire! C'est en faire un noble et généreux emploi. Vous devriez avoir de la reconnaissance!

LE CONDUCTEUR.

Oh! j'en ai eu beaucoup, dans le tems! Lors de la chûte de son trône, j'ai si bien manœuvré, qu'à mon retour en France, je suis rentré dans la maison d'un prince, qui a bien voulu me tenir compte de mes anciens services et de mon ancien attachement pour sa famille, et qui a sçu faire la part des circonstances dans lesquelles on s'était trouvé.

LE CHEVALIER.

Cela est d'un fort bon esprit, et mérite fort d'être loué!

LE CONDUCTEUR (*à part.*)

Allons, le voilà qui loue ceux-ci à présent ! (*Haut.*) Ma conscience était en repos avec celui-ci. C'était un prince légitime ; ma fidèlité ne me pesait plus ! *La mia fedeltà...*

LE CHEVALIER (*vivement.*)

Hein ? comment dites vous ?

LE CONDUCTEUR.

Ah ! j'oubliais que vous ne savez pas l'italien ! Je suis bien étourdi ! j'ai cette maudite habitude !.. Mais je continue, et je dis que le diable est bien malin ! *Ha gran malizia il diavolo !* car voilà que les habitudes avantureuses, et souvent fort profitables du règne précédent, reprirent encore le dessus chez moi, lorsque mon prince légitime m'eut délié de mon serment de fidèlité par son départ. Je recourus au prince guerrier qui venait de rentrer, et me voilà sur le champ de bataille à Waterloo ! j'étais toujours auprès de lui dans la mêlée ; je lui sauvai la vie en lui présentant lestement trois chevaux, à mesure que ceux qu'il montait étaient tués !

LE CHEVALIER.

Ah! voilà qui est bien!

LE CONDUCTEUR.

Ma il diavolo voulut que la bataille fut perdue. J'en fus pour mon courage et mes dangers. On n'a plus revoulu de moi ensuite ; ils ont dit que j'étais trop souvent fidèle ! J'ai même perdu ma pension, et mon bras n'est pas trop bien raccommodé !

LE CHEVALIER.

Fortune de guerre, camarade !

LE CONDUCTEUR (*à part.*)

Comment il ne dira rien qui me fasse comprendre !.. Voyons et poussons à bout ! ne parlons plus italien, si je puis m'en tenir ! (*Haut.*) Si j'avais eu le bonheur, en me cassant le bras, que ce fut au service de son altesse royale, d'un prince légitime en un mot, je serais bien payé de ma pension !.. Quel malheur que cet accident me soit arrivé au service d'un usurpateur !

LE CHEVALIER.

Hein? comment dites-vous ?

LE CONDUCTEUR (*à part.*)

Oh ! décidément, le camarade n'est pas sourd ! et ce n'est pas l'italien qui l'offusque cette fois ! C'est un brave grognard qui fronce le sourcil quand le discours ne lui convient pas ! vérifions mieux. (*Haut.*) Vous aussi monsieur le Chevalier, vous avez servi les princes, (*à part.*) le diable m'emporte si je sais lesquels, (*Haut.*) et vous avez été récompensé par la décoration de...

LE CHEVALIER.

De la légion d'honneur !

LE CONDUCTEUR (*à part.*)

Dieu soit loué ! me voilà au courant ! je puis me lâcher tout à fait. C'est bien heureux pour achever la route ! (*Haut.*) Monsieur le Chevalier, vous verrez que je suis un brave, et que si je me suis toujours conformé aux circonstances, j'ai surtout pris mon parti gaiment lorsque je me suis trouvé en face de l'ennemi.

LE CHEVALIER.

Ah ! c'est fort bien dit cette fois, l'ennemi !

LE CONDUCTEUR.

Nous reprendrons la conversation tout-à-l'heure, vous serez content de moi j'espère.

SCÈNE V.

LES MÊMES, LE POSTILLON, LES VOYAGEURS.

LE POSTILLON.

Voilà, voilà, les chevaux qui viennent ! je vais atteler et nous partons; appellez vot' monde, monsieur le Conducteur.

LE CONDUCTEUR.

Ah! bon, c'est bien. (*Il appelle.*) Mylord Beefsteack! messieurs ! mademoiselle ! allons, en route ! arrivez! (*Ils arrivent.*) Allons, prenez vos places, *partiamo* !

LORD BEEFSTEACK.

Moi, je prends toute le fond pour moi toute seule. J'ai payé trois places pour être seul, car il fait beaucoup chaud!

LES VOYAGEURS.

Non pas, non pas ! il n'y a qu'une place vacante dans l'intérieur de la voiture.

LORD BEEFSTEACK.

Moi je veux trois places, goddam! je hai retenu et je hai payé trois places! je suis gros pour trois places! il fait trop chaud pour pas havoir trois places! goddam! monsieur le Conducteur! donnez ha moi mes trois places! si je suis content de le petit Hingénue, je lui prêterai hune des trois places, jusqu'à ce que je haie pas trop chaud.

LE CONDUCTEUR.

Mylord Beefsteack, voici la feuille de route: Votre valet a en effet retenu et payé trois places pour votre compte, mais il a mal fait votre commission, il a mal compris ce que vous désiriez, il est venu trop tard au bureau, et il n'avait plus le choix; il a eu les trois dernières places qui restaient, savoir: une sur le devant, dans l'intérieur de la voiture; la seconde, dans le cabriolet à côté de moi; et la troisième, sur l'impériale de la voiture! choisissez, Mylord, celle que vous voulez occuper! (*Tout le monde rit aux éclats.*)

LORD BEEFSTEACK (*en fureur.*)

Goddam! goddam! Qu'est-ce que vous dites donc là?

LE CONDUCTEUR (*lui montrant la feuille de route.*)

Voyez!

LORD BEEFSTEACK (*désespéré.*)

Goddam! goddam! goddam!

LE CONDUCTEUR.

Allons, Mylord, décidez-vous! devant, dessus, ou dedans! voilà les chevaux mis, il faut partir, *andiamo!*

LORD BEEFSTEACK.

Goddam! goddam! goddam!

L'INGÉNUE.

Allons, Mylord, mettez vous dedans avec moi!

LORD BEEFSTEACK.

Yes, yes, mademoiselle le Hingénue. Je haime mieux hêtre dedans avec vous, que hêtre sur le devant avec un homme.

L'INGÉNUE (*avec modestie.*)

Mylord me flatte!

LORD BEEESTEACK.

Montez! je hentre tout de suite avec. (*Ils rient tous.*)

LE CONDUCTEUR (*ferme la portière quand on est monté.*)

(*Au Chevalier.*) Allons, mon brave, montez aussi! J'ai bien des choses à vous dire puisque, dieu merci, je suis parvenu à savoir quel ruban vous portez! Fouette Postillon! *Siamo lesti!*

(*La voiture disparaît dans la coulisse.*)

Fin du Premier Relai de la Diligence.

PIERROT

GOURMAND ET PUNI.

FARCE DE CARNAVAL

ASSAISONNÉE POUR LE BON APPÉTIT DE LOUISE R********

ET SERVIE EN FAMILLE

LE MARDI GRAS DE L'AN DE GRACE 1823.

PERSONNAGES.

PIERROT, cousin et futur de Colombine, personnage de dix ans.

PAILLASSE, frère de Pierrot, personnage de sept ans.

COLOMBINE, personnage de douze ans.

Mme. PÉRETTE, mère de Colombine.

LA FÉE, marraine de Colombine, personnage de quinze ans.

PIERROT
GOURMAND ET PUNI.

SCÈNE PREMIÈRE.

Mme. PÉRETTE, COLOMBINE.

PÉRETTE.

Comment! tu ne pourras pas te désensorceler de ce vilain Pierrot?

COLOMBINE.

Que veux-tu, maman? je n'aime que lui.

PÉRETTE.

Il est si paresseux, si gourmand, si ivrogne!

COLOMBINE.

Il a si bon cœur, maman! il m'aime tant! il se corrigera j'en suis sûre, lorsque je serai sa femme, et que je pourrai prendre de l'autorité.

PÉRETTE.

Mort de ma vie! tu as plus beau jeu que
jamais à présent pour prendre de l'autorité;
ces chiens d'hommes sont si soumis avant
le mariage, et si méchants après! commence donc à te faire obéir actuellement.

COLOMBINE.

Eh bien, maman, j'essayerai; mais j'ai
si peur de lui faire de la peine, que je
n'ose pas. Il me semble que le courage me
viendra quand une fois je serai sa femme...
parce qu'alors.. vois tu?.. il sera mon mari,
et que je n'aurai plus peur qu'il m'échappe...
A présent c'est bien différent... S'il allait
se fâcher?.. Il me semble qu'il vaut mieux
que je fasse semblant d'obéir, jusqu'à ce
que nous soyons mariés; après ça, je pren-
drai bien ma revanche! tu verras, je te
le promets.

PÉRETTE.

Tu raisonnes comme une femme! va, tu
es bien ma fille. Mais avec tout ça ton vilain Pierrot ne laisse rien échapper; il vole
tout ce qui se mange. On croit avoir quel-

ques provisions, on va pour mettre la main dessus... bah! tout est disparu!.. C'est M. Pierrot qui est passé par là!.. Il a une façon d'habit fort commode pour cacher tout ce qu'il ne peut manger à l'instant même, et lorsque l'appétit lui vient, il trouve son grénier bien garni!..

COLOMBINE.

Que veux-tu, maman, il a bonne santé, bon appétit; c'est bon signe, ce sera un bon mari : ça vaut mieux qu'un malade.

PÉRETTE.

Fort bien, fort bien! tu l'excuses! Si du moins il nous était utile à quelque chose, encore passe!.. Mais il est d'une paresse.. mais d'une paresse!..

COLOMBINE.

Mais, maman, s'il travaillait beaucoup il gagnerait encore plus d'appétit et mangerait bien d'avantage; tu vois bien que ce qu'il en fait, c'est par pure précaution!..

PÉRETTE.

Bien, bien, ma fille!.. tu as réponse à tout;

ton amour te tourne la tête... Ah! voilà M. Pierrot.

SCÈNE II.

LES MÊMES, PIERROT, PAILLASSE.

PIERROT (*entre en mangeant un gâteau.*)

Bon jour ma tante, bon jour Colombine.

PERETTE.

Bon jour Pierrot, bon jour Paillasse.

PAILLASSE.

Bon jour ma tante, bon jour cousine.

COLOMBINE.

Pierrot, c'est aujourd'hui la fête de maman, où est donc ton bouquet, tu l'as oublié ?

PIERROT.

Oh! que non, je ne l'ai pas oublié! je le tenais à la main il n'y a qu'un quart d'heure! qu'en ai-je donc fait? et toi aussi Paillasse, où est donc le tien?

PAILLASSE.

Oh! mon dieu! nous les avons oubliés

chez le pâtissier, où nous nous sommes arrêtés tout à l'heure !

PÉRETTE.

Ah ! c'est bien ça, chez le pâtissier ; je vous reconnais là mes neveux.

PIERROT.

Dame, ma tante, nous ne pouvions pas tenir les gâteaux et les bouquets ensemble ; il fallait bien lâcher l'un ou l'autre, et j'étais bien sûr qu'on ne mangerait pas nos bouquets en les laissant. Nous allons les rechercher. Viens, Paillasse, viens!

PÉRETTE.

Restez, restez, mes amis, c'est bon comme cela ; je vous tiens compte de la bonne intention.

COLOMBINE.

Oui, oui, restez ici puisque vous voilà ; c'est dommage que vous soyez venus un peu tard, vous auriez déjeuné avec nous.

PIERROT (à *Paillasse*, *à part.*)

Dis donc que tu as faim.

PAILLASSE.

Mais je viens de manger des gâteaux!

PIERROT (*à part.*)

Eh bien! dis que tu as soif.

PAILLASSE.

Mais je n'ai pas envie de boire moi!

PIERROT

Oh! que tu es bête; c'était pour moi, nigaud.

COLOMBINE.

Mais vous resterez à dîner, parcequ'aujourd'hui, nous célébrons la fête de maman. Ma marraine, la Fée, doit aussi venir et nous avons un pâté!..

PIERROT (*sautant de joie.*)

Un pâté, ma cousine, un pâté! est-il bien gros?

COLOMBINE.

Oh! oui, nous avons songé à ton bon appétit!

PIERROT.

Qu'est-ce qu'il y a dedans, ma cousine?

PÉRETTE.

Fi! le gourmand!

COLOMBINE.

Du gibier, mon cousin.

PIERROT.

Ah, du gibier, que c'est bon ça! A quelle heure dine-t-on?

COLOMBINE.

A trois heures.

PIERROT.

Ah! que c'est tard! (*Il tire un gros ognon de son gousset.*) Il n'est que dix heures. Paillasse, viens courir pour gagner de l'appétit. Viens, mon petit homme; adieu, adieu tous!

PÉRETTE.

Eh bien! vous partez? il faut rester et nous aider à tout préparer, à mettre la table.

PIERROT.

Oh! j'aurai bientôt faim ma tante, et je reviendrai aussitôt. Comptez sur moi,

SCÈNE III.

Mme PÉRETTE, COLOMBINE.

PÉRETTE.

Eh bien, qu'en dis tu ? voilà mon paresseux qui ne veut rien faire qu'aller gagner
de l'appétit.

COLOMBINE.

Maman, il a promis qu'il reviendrait bientôt nous aider. Il y a du tems d'ici à trois
heures ! je compte sur lui.. Ah ! voici ma
bonne marraine qui ne nous oublie pas !..

SCÈNE IV.

LES MÊMES, LA FÉE.

LA FÉE (*à Colombine.*)

Bon jour, mon enfant ! (*A Pérette.*) Bon
jour mon amie ! je viens vous souhaiter une
bonne fête. Recevez mon bouquet.

PÉRETTE.

Que vous êtes bonne ! j'étais bien sûre que
vous viendriez aujourd'hui, nous vous attendions.

LA FÉE.

Je n'avais garde d'y manquer. J'ai trop d'affaires pour venir souvent, mais pour votre fête je laisserais tout !.. D'ailleurs j'ai appris qu'il s'agissait de marier bientôt ma chère Colombine, et j'ai voulu voir si je ne pouvais pas vous être utile à quelque chose. Disposez de moi.

COLOMBINE.

Oui, ma chère marraine, maman veut bien que j'épouse mon cousin Pierrot que j'aime tant !

PÉRETTE.

Cela est vrai; mais j'y ai mis une condition qui pourra bien retarder long-tems, et peut-être même faire manquer le mariage, c'est que Pierrot ne sera plus gourmand; j'ai bien peur pour toi, mon cher enfant, que ce moment n'arrive jamais !

LA FÉE.

Comment, il est gourmand ! c'est un vilain défaut; sais-tu ma fille ce que c'est qu'un gourmand ? écoute ce qu'en dit la chanson :

Air : Du Devin de Village : *c'est un en-
        fant, c'est un enfant.*

Il faut apprendre aux demoiselles
Quel homme c'est qu'un vrai gourmand.
J'aime bien mieux les infidèles,
Qu'on punit... en les imitant.
            Et pour l'ordinaire
            L'inconstant n'est guère
Que ce que doit être un amant :
Un bon enfant, un bon enfant.

Le gourmand sera tout de flamme,
Et sera bien en commençant ;
Mais bientôt la faim le réclame,
Puis l'appétit croît en mangeant.
            Alors table et verre
            Chassent père et mère,
Et puis la femme, et puis l'enfant,
Chez un gourmand, chez un gourmand.

COLOMBINE (*à la Fée.*)

Oh bien ! ma bonne marraine, votre secours peut nous tirer d'affaire : votre art
peut remédier à tout ; vous n'avez qu'un
mot à dire, pour corriger Pierrot de ce
vilain défaut : je vous en prie secourez-moi.

LA FÉE.

Volontiers; ma belle enfant, je m'y employerai; laissez moi faire, je suis bien sûre d'y réussir; pour cela j'ai besoin d'être seule un moment.

PÉRETTE.

Nous allons nous occuper du ménage. Viens, ma fille, viens!

SCÈNE V.

LA FÉE (*seule.*)

Ce pauvre Pierrot, quel parti dois-je prendre à son sujet?.. faut-il lui faire passer tout à fait l'appétit?.. Ce parti me semblerait bien cruel... ou simplement mettre un obstacle à ce qu'il s'y livre à toute heure, à tout instant... Enfin le corriger un peu... Ce parti me semble plus humain... je m'y arrête. Mais je l'entends qui vient, et mon art m'apprend qu'il veut manger avant nous du pâté dont on lui a parlé. Voilà une occasion de lui donner une bonne correction. Enchantons le pâté! Il est dans cette armoire, touchons la de ma baguette. (*Elle fait quelques conjurations avec sa baguette et en frappe l'armoire.*) Actuellement laissons Pierrot seul dans cette chambre. (*Elle sort.*)

SCÈNE VI.

PIERROT, PAILLASSE.

PIERROT.

Viens, Paillasse. Il n'y a personne ; nous pourrons prendre chacun un bon morceau du pâté, et nous nous sauverons bien vite, sans qu'on nous voie, afin d'aller encore une fois gagner de l'appétit pour dîner. Tiens, (*Il tire son ognon.*) il n'est que midi, d'ici à trois heures nous aurons grandement le tems de digérer cela.

PAILLASSE.

Mais je n'ai pas faim moi *!*

PIERROT.

Tant mieux *!* tu me garderas ta part. Voilà le garde-manger, voyons si le pâté y est. Eh ! oui vraiment, le voilà ! regarde qu'il a bonne mine

PAILLASSE.

Oui, il est bien beau !

PIERROT.

Un pâté de gibier, que cela doit être bon ! Sens comme il a une bonne haleine.

PAILLASSE.

Oui, il sent bien bon !

PIERROT.

Sens-tu le gibier ? je parie qu'il y a dedans du lièvre, du chevreuil, du sanglier, du lapin, des poulets, et des macaronis !..

PAILLASSE.

Ah ! que tu es bête, des macaronis ! Est-ce que c'est du gibier ça ?

PIERROT.

Je le crois bien que c'en est, et du fameux encore ! car on n'est pas obligé de courir après. On en a toujours à la maison pour quand la faim nous prend ! Tu n'y connais rien toi ! (*il pose le pâté sur la table.*)

PAILLASSE.

Ah ! je ne savais pas...

PIERROT.

Regarde dans l'armoire, s'il n'y a rien pour boire.

PAILLASSE.

Oui ! il y a du vin, et du lait aussi ; que veux-tu ?

PIERROT.

Oh ! le lait me porte à la tête ; le vin me suffira ; je m'en contenterai ; donne ! (*Il verse.*) A ta santé, Paillasse !

PAILLASSE.

Merci ! moi je n'ai pas soif.

PIERROT.

Actuellement, aide moi à découper deux bons morceaux de ce pâté. Donne moi le couteau.

PAILLASSE.

Tiens le voilà.

PIERROT (*en découpant pour ouvrir le dessus.*)

Ah ! quel fumet ! quel bon gibier ! (*Il ouvre le pâté et plusieurs souris s'en échappent ; ils sont tout effrayés l'un et l'autre.*) Hohé, tiens, tiens, le gibier qui se sauve! Ah! mon dieu, qu'ai-je fait? maudit soit le pâté.

PAILLASSE (*riant.*)

Ah! ah! ce sont des souris! ah! ah! le nigaud! qu'elle peur j'ai eue?

PIERROT (*pleurant.*)

Ah! mon dieu me voilà bien puni! comment faire, Paillasse? on va voir ça, je suis perdu. Viens, sauvons nous. On ne nous a pas vus. Nous ne nous vanterons de rien. Nous ne reviendrons pas dîner, parce qu'il ne faudra pas être là quand on découvrira le pot aux roses. Nous ne viendrons que ce soir en faisant semblant de rien, et nous dirons que nous avons été malades et que c'est pour cela que nous ne sommes pas venus dîner. Quel malheur!... On vient, sauvons nous.

SCÈNE VII.

LA FÉE, Mᵐᵉ. PÉRETTE, COLOMBINE.

PÉRETTE.

Eh bien! voilà mon gaillard qui a été

pris! Quelques scènes encore comme celle là, et je crois en vérité qu'il se corrigera; voilà une bonne leçon!

LA FÉE.

Je lui en prépare d'autres, s'il y revient. En attendant mettons nous à table, parce que je ne puis rester; je dois m'absenter.

COLOMBINE.

Ah! ma bonne marraine, je vous en prie, faites qu'il n'arrive point de mal à mon cher Pierrot! et qu'il soit corrigé tout douce-ment.

PÉRETTE.

C'est fort bien tout cela, mais il n'y a plus rien dans notre pâté! Tout le gibier en est échappé! Qu'allons nous vous donner à manger?..

LA FÉE.

Oh! ne soyez pas en peine! regardez dans votre armoire, il y a un autre pâté, qui vaut bien celui-là.

COLOMBINE (*prenant le pâté dans l'armoire.*)

Tenez, tenez, maman, voyez qu'il est

beau! il est encore plus gros que le notre!
Pauvre Pierrot, s'il était là!.. (*Elle met*
le pâté sur la table et enlève l'autre.)
Que vous êtes bonne ma marraine!

PÉRETTE.

C'est à faire à vous, madame, de faire
des pâtés, vous y allez vite!

LA FÉE.

Allons, asseyons nous un instant. (*Elles*
se mettent à table.)

SCÈNE VIII.

LES MÊMES, PAILLASSE.

PAILLASSE.

Ma tante, Pierrot m'envoye dire qu'il
est bien fâché d'avoir la colique, il ne pourra pas venir dîner avec vous.

PÉRETTE (*riant.*)

Oh! ce pauvre Pierrot, j'en suis bien
fâchée. Tiens, regarde le bon pâté que nous
mangeons, il en aurait eu sa bonne part
s'il était venu! Allons, et toi n'en veux-
tu pas goûter un peu?

PAILLASSE.

Bah ! vous mangez du pâté vous autres ?..
(*A part.*) Moi qui croyais que tout s'était
envolé ! (*Haut.*) Qu'est-ce qu'il y a donc
dans votre pâté ? Est-ce qu'il n'y a pas
de souris ?..

COLOMBINE.

Comment des souris ! es-tu fou, mon
cousin ?

PAILLASSE.

Oh que non !.. que je ne suis pas fou !
je sais bien ce que je dis... Mais je ne dis
rien !.. Voyons donc votre pâté ! Oh ! qu'il
a bonne mine ; j'en cours les risques ! donnez m'en un morceau.

COLOMBINE.

Tiens, mon cousin, tiens !

PAILLASSE (*à part.*)

C'est, ma foi, bien bon de la souris ! Mais
comment a-t-on fait pour les rattraper et
les cuire si vite ? Je n'y comprends rien ! Il
faut que je dise cela à Pierrot ; il sera bien
content. Il ne sait pas que les souris sont

si bonnes ! (*Haut.*) Encore une souris,
ma cousine, s'il vous plaît?

COLOMBINE.

Qu'est-ce que tu chantes donc avec tes
souris ?

PAILLASSE.

Eh bien ! autre chose, ce que tu voudras ! C'est bien bon !

COLOMBINE.

Tiens !

PAILLASSE.

Merci, ma cousine.

PÉRETTE.

Le pauvre petit ne sait où il en est avec
ses souris !

LA FÉE.

Il en verra bien d'autres ce soir. (*Elle
se lève.*) Allons ! sans adieu, mes amies,
je reviendrai tantôt, et, quoi qu'absente,
vous verrez que j'ai songé à tout ce qui
peut arriver tandis que je n'y serai pas,
Adieu.

PÉRETTE.

Adieu, madame, je suis bien reconnais-
sante de vos bons soins.

COLOMBINE.

A revoir, chère marraine.

SCÈNE IX.

PAILLASSE, PÉRETTE, COLOMBINE.

PAILLASSE.

Je m'en vais aussi ma tante; il faut que
j'aille garder ce pauvre Pierrot, qui est si
malade.

PÉRETTE.

Dis lui, mon enfant, que j'espère qu'il
ira mieux ce soir et qu'il viendra avec toi
souper chez nous. Dis lui que nous avons
un gros pâté qui l'attend. Tu lui di-
ras aussi comme tu l'as trouvé bon.

PAILLASSE.

Oui ma tante. Adieu; à revoir!

SCÈNE X.

PÉRETTE, COLOMBINE.

PÉRETTE.

Il faut toute la science de ta marraine pour corriger ton gourmand; il n'y a rien de trop !

COLOMBINE (*rentrant le pâté dans l'armoire.*)

Qu'importe, maman ? puisqu'elle doit réussir, je suis bien sûre d'épouser ce cher Pierrot, et cette idée me console du chagrin que j'ai des tourmens qu'il éprouve depuis ce matin, et de celui qui lui est peut-être préparé encore.

PÉRETTE.

Mon enfant, travaillons un peu pour passer le tems; donne moi mon ouvrage, et prends le tien.

COLOMBINE.

Oui, maman, et vous chanterez quelqu'une de vos belles chansons pendant ce tems là.

15

PÉRETTE.

Volontiers, mon enfant. (*Placer ici une romance quelconque.*)

COLOMBINE.

Vous avez déjà fini, maman ?

PÉRETTE.

Mais oui, il me semble qu'en voilà assez.

COLOMBINE.

Oh bien, maman, puisque Pierrot doit-être corrigé ce soir, allons chez la voisine l'inviter à ma noce.

PÉRETTE.

Avec plaisir, mon enfant, allons.

SCÈNE XI.

PIERROT, PAILLASSE.

PIERROT.

Tu dis donc qu'on nous attend pour souper ici ?

PAILLASSE.

Oui.

PIERROT.

C'est fort bien... mais je n'ai pas dîné ! et attendre jusqu'au soir bien tard, c'est dûr ! (*Il tire son ognon.*) Il est quatre heures, il fait quasi nuit ; la saison est si mauvaise ! Il faudrait déjà de la lumière... Tu dis donc que le pâté était excellent ?

PAILLASSE.

Oui dà ! qu'il était bon !

PIERROT.

C'en était donc un autre, car il ne restait plus rien dans celui là. Tu as bien vu les souris partir, brrrrr !!

PAILLASSE.

Oui ! oui ! je les ai vues ; elles m'ont bien fait peur encore ! Malgré ça, je les ai trouvées bien bonnes, je t'assure.

PIERROT.

Tais toi nigaud, des souris bonnes ! Ça doit sentir le chat ! C'est un autre pâté ; tu vas voir si c'est des souris, car j'ai si faim que jamais je ne pourrai attendre à ce soir. D'ailleurs puisqu'il est entamé, cette fois, il n'y paraîtra pas !

PAILLASSE.

Allons, tu vas faire encore quelque malheur, avec ta gourmandise et ton pâté!

PIERROT.

Que tu es bête! Ne m'as-tu pas dit que tu avais mangé de celui-ci, et qu'il était bon? Ce n'est pas comme l'autre, où il y avait des souris, sans que nous le sachions.

PAILLASSE.

C'est que tu me fais des peurs terribles!

PIERROT.

Fi, le poltron! à propos, prête-moi la pièce de vingt sous que ma tante t'a donnée hier!

PAILLASSE.

Je ne l'ai plus!

PIERROT

Qu'en as-tu donc fait?

PAILLASSE.

Je l'ai vendue.

PIERROT.

Tu l'as vendue?

PAILLASSE.

Oui, je l'ai vendue pour acheter du pain d'épice et des macarons.

PIERROT.

Oh, le goulu! et tu as mangé cela à toi seul, sans m'en donner seulement gros comme ça. (*Il montre les deux poings.*)

PAILLASSE.

Et toi qu'as-tu fait de la pièce de vingt sous qu'elle t'a donnée aussi?

PIERROT.

Oh, c'est bien différent; moi, je l'ai bien employée.

PAILLASSE.

Ah! tu ne l'as déjà plus?

PIERROT.

Non, non! avant de dépenser son argent il faut payer ses dettes, j'ai de l'ordre moi! aussi j'ai donné ces vingt sous là au confiseur, à compte sur mon mémoire.

PAILLASSE.

Ah, ah, ah, que tu me fais rire! tu es

un fier homme toi! et ces pralines que tu mangeais hier, à toi tout seul ?

PIERROT.

Il n'y en avait que pour dix-neuf sous, monsieur le curieux !

PAILLASSE (*riant.*)

Ah, ah, ah, monsieur l'homme d'ordre, qui a payé pour un sou de dettes! ah! ah! ah!

PIERROT.

Allons, tais toi, bavard, et cherche de la lumière; moi je vais chercher le pâté. Ma tante et ma cousine viennent de partir, et nous aurons le tems de faire un petit goûter avant le souper. (*Paillasse vient avec la lumière; Pierrot met le pâté à terre, et s'asseoit à côté.*) Donne moi la chandelle, et va chercher un couteau, et reviens vite. (*Pendant que Paillasse est parti, et que Pierrot assis près du pâté tient la chandelle sans le regarder, le pâté est un peu tiré vers la coulisse; Pierrot s'en apperçoit et témoigne de l'étonnement; il le rattrape et le remet à sa place, et regardant du côté de*

Paillasse, il lui crie:) Viens-tu, Paillasse? apportes-tu le couteau?

PAILLASSE (*de la coulisse.*)

Oui, oui, voilà que j'arrive. (*Pendant
ce tems le pâté a encore été tiré vers la
coulisse, et Pierrot plus surpris se lève et
le remet en place ; il dit:*) Que signifie ceci?

PAILLASSE (*aceourant.*)

Tiens ! voilà un couteau.

PIERROT.

Donne. (*Le pâté est tiré jusqu'au fond
du théâtre, ils courent après en jettant
de grands cris de surprise et de peur.
Pierrot le remet encore en place et dit:*)
Ah ! ah! As-tu vu comme le vent l'empor-
tait ? Heureusement que je suis leste !.. Oh !
tu avais raison, il est fameux ! Quelle bonne odeur ! Voyons par où il faut l'ouvrir !
(*Il prend la lumière pour regarder de
très près, et met le feu à une fusée qui
est placée au milieu du pâté.*) Oh ! quel
diable est ceci ? (*Il se jette à la renverse
et Paillasse aussi ; faisant des bouffon-*

néries pendant tout le tems que la fusée brûle.) Paillasse es-tu mort?

PAILLASSE.

Je n'en sais rien! tâte! je crois bien que oui*!*

PIERROT (*le tâte.*)

Non tu vas assez bien.

PAILLASSE.

Là*!* Je te l'avais bien dit : que tu ferais encore quelque malheur, et que tu me ferais une frayeur de tous les diables !

PIERROT.

Est-ce ma faute, à moi, s'ils sont ensorcelés, tous les pâtés que je touche aujourd'hui ?

PAILLASSE (*ironiquement.*)

Dis donc, Pierrot? Lequel aimes-tu mieux du pâté aux souris ou de celui-ci?

PIERROT (*brusquement.*)

Laisse moi donc tranquille, toi! D'ailleurs il n'est pas encore dit que celui-ci ne vaut rien; c'est un accident qui est arrivé !.. C'est peut être là ce qu'on appelle un pâté chaud.

Il ne faut pas se rebuter pour si peu de chose! Il faut encore voir!.. Le voilà bien tranquille actuellement qu'il a jetté son feu... J'ai bien envie de voir s'il n'est pas brûlé... Allons! un peu de courage. (*Il s'en approche avec précaution.*)

PAILLASSE.

Ne le touche donc plus !

PIERROT.

Oh c'est fini. Il se laisse faire cette fois! Il n'est pas chaud... Tiens, tâte. (*Paillasse effrayé se sauve dans un coin.*) Tu vois bien qu'il n'y a pas de danger. Viens, nous allons l'ouvrir.

PAILLASSE.

J'ai peur, je n'ose pas approcher!

PIERROT

Courage! mets toi là. (*Après avoir ouvert le pâté avec un couteau.*) Regarde! vois-tu ce que c'est d'avoir un peu de résolution ? Il paraît excellent. Assieds-toi là, te dis-je, que je te serve! (*Au moment où Paillasse s'asseoit et où Pierrot va pour prendre du pâté, il s'en élance une gerbe d'eau. Ils se renversent avec la plus gran-de frayeur.*)

PAILLASSE (*pleurant.*)

Ah ! ah ! ah ! ah ! voilà la sauce, il n'y manque plus rien.

PIERROT.

Oh! pour cette fois, le diable s'en mêle. Le feu, l'eau, l'air, tout en est ! Quels en-ragés de pâtés ! si j'y touche jamais !.. Ah ! mon dieu, on vient, remets vite ce pâté dans l'armoire.

PAILLASSE.

Mets toi-même, j'ai trop peur !

PIERROT.

Ne perdons pas un moment ! vite ! vite ! (*Il va pour saisir le pâté qui lui échappe en l'air ! nouvelle exclamation de frayeur.*) Allons il n'y manque plus rien... serviteur... bon voyage... cette fois-ci, je n'y touche-rai plus ! (*Nouvelle frayeur de surprise, lorsque Pérette entre tout-à-coup et leur parle.*)

SCÈNE XII.

LES MÊMES, PÉRETTE, COLOMBINE.

PÉRETTE.

Eh bien ! mes amis, qu'est-ce vous faites ici ?

PAILLASSE.

Rien, rien, ma tante; nous venions souper.

PÉRETTE.

Mais il n'est pas l'heure ! et la colique ?..

PIERROT.

Plus forte que jamais, ma tante! Je ne pourrai pas souper aujourd'hui. Je vous assure que je n'ai plus faim..

PÉRETTE.

Un peu de pâté, mon ami, un peu de pâté seulement.

PIERROT.

Merci, merci, ma tante; je n'aime plus les pâtés.

PÉRETTE.

Tu n'aimes plus les pâtés ! et depuis quand donc ?

PIERROT.

Depuis que j'ai la colique, ma tante.

PÉRETTE.

Oh, ce n'est rien ! ça sera passé ce soir; demande à Paillasse comme il est bon ?

PIERROT.

Oui, oui, il me l'a dit. Mais c'est égal, voyez vous, je ne suis plus gourmand; je suis bien corrigé.

COLOMBINE.

Entendez vous, maman, il est bien corrigé?

PÉRETTE.

Oui, pour un moment.

SCÈNE XIII.

LES MÊMES, LA FÉE.

LA FÉE.

Non, non, mes enfans, c'est pour toujours qu'il est corrigé ; je vous le garantis, vous pouvez les marier.

COLOMBINE ET PIERROT.

Ah! ma marraine! Ah! madame!

LA FÉE (*à Pierrot.*)

Je t'ai puni plusieurs fois aujourd'hui ; c'est fini !

PIERROT.

Comment les souris, le feu d'artifice, et l'eau, c'était vous?..

LA FÉE.

Oui, mon enfant, c'est moi qui ai fait tout cela. Mais qu'il n'en soit plus question; divertissez vous.

PIERROT.

Ah! Colombine, quel bonheur ! ça me rend l'appétit. Ma colique est passée. (*Il tire son ognon.*) Tiens, il est tems de souper, nous nous marierons après.

COLOMBINE.

Touche là, mon ami.

LA FÉE.

AIR : *Au clair de la lune.*

Allons sans rancune

> Mon ami Pierrot,
> Ta bonne fortune
> Fait cesser tes maux.
> Avant que je sorte
> Tu seras heureux.
> Car ici j'apporte
> Du bonheur pour deux !

PIERROT.

Grand merci, madame, c'est bien aimable à vous ! N'oubliez pas avant de partir que j'ai deux repas à faire pour me remettre au courant, et qu'il y a deux pâtés de vuides. Puisque vous les faites si bien aux souris, aux fusées, et aux jets-d'eau, vous les ferez bien aussi au vrai gibier, n'est-ce pas ?

LA FÉE.

Oui, oui ! sois sans inquiétude.

COLOMBINE (*lui mettant la main sur la bouche.*)

Chut, tais-toi donc !

PIERROT (*à la Fée, même air.*

> Deux repas à faire,
> Deux pâtés vuides

Cela n'ira guère,
Si vous ne m'aidez.
Et ma femme encore
Me donne appétit !
Si je la dévore...
J'irai seul au lit !

PÉRETTE.

Ma fille, j'ai bien envie de chanter la
chanson de tantôt sur les gourmands, il me
semble qu'elle s'appliquerait encore.

COLOMBINE.

Oh ! maman, que vous êtes méchante; ce
n'est plus qu'un reste d'habitude.

PÉRETTE (*chante; même air.*)

Qu'il est difficile
De perdre son pli !
Car le plus docile
On le voit est pris !
Un pli bien utile
Qu'il faut suivre ici,

(*Au public.*) Oui, messieurs, je vous
en prie très particulièrement

C'est qu'un vaudeville
Doit être applaudi.

234

PIERROT *(au public.)*

Messieurs et Mesdames, j'ai l'honneur de vous prévenir que le souper est servi. La bonne Fée m'a bien assuré qu'il n'y aurait point de souris dans le pâté.

Fin de Pierrot Gourmand et Puni.

LA

NUIT DU MARDI

GRAS.

PARADE

JOUÉE SUR LE THÉATRE DE L'AUTEUR,

PAR SES ENFANS,

DANS LE CARNAVAL DE 1821.

16

PERSONNAGES.

PAILLASSE, personnage de 13 ans.

LA MÈRE BOBÉCHE, personnage de 13 ans.

UN SINGE, personnage de 10 ans.

UN CHAT, personnage de 9 ans.

UN LAPIN, personnage de 6 ans.

PROLOGUE.

PAILLASSE (*après avoir salué le public.*)

Messieurs et Mesdames, comme c'est la première fois que nous avons l'honneur de paraître devant vous, nous croyons de notre devoir de vous donner quelques renseignemens sur notre compte. Vous désirez sans doute savoir nos noms, titres et qualités... Je m'appelle Paillasse, du nom de ma mère, Blanche Paillasse, fille de la Vieille Paillasse, qui, étant fraîche en son tems, fut admise dans la couche d'un vieux seigneur, lequel, par modestie, n'a pas voulu nous laisser prendre son nom... Je suis, de mère en fille, le seul mâle connu de ma famille; et suivant l'exemple de ces respectables personnes, je me suis entièrement voué au service du public... c'est ce qui m'amène en cette ville. Je m'appelles donc Paillasse, c'est mon nom propre... je suis le Paillasse de la troupe, voilà ma qualité... quant aux décorations,

vous verrez, messieurs et dames, que, quoique commençant, et n'en ayant point encore
gagné, j'ai su m'en procurer comme bien
d'autres... Après moi, vient la jeune première,
intéressante veuve de dix-sept ans, qui
est avec moi depuis cinq à six ans, et à qui,
soit dit entre nous, je n'ai jamais connu
de mari.

Puis un Chien, un Chat, un Singe et un
Lapin; tous personnages bien élevés, dansant,
grimaçant, pinçant, mordant à faire plaisir,
et au besoin parlant et chantant... Oui, messieurs, parlant et chantant tout comme vous,
soit dit sans manquer au respect que je vous
dois... Du reste, bonnes personnes, vivant ensemble comme chiens et chats... devraient
toujours faire. J'aurai l'honneur de vous les
présenter ce soir dans une fort jolie petite
pièce de ma façon intitulée : *La nuit du
Mardi Gras*, avec laquelle j'ai l'honneur
d'être, messieurs et dames, votre très-humble serviteur. Signé Paillasse. (*Il sort.*)

SCÈNE PREMIÈRE.

PAILLASSE, LA MÈRE BOBÊCHE(*tenant une lumière.)*

LA MÈRE BOBÊCHE.

Entrez, monsieur Paillasse, voici une bonne chambre bien meublée. On est bien ici.

PAILLASSE.

On n'entend pas de bruit au-dessus de sa tête, n'est-ce pas la mère Bobêche?

LA MÈRE BOBÊCHE.

Oh ! non, monsieur Paillasse.

PAILLASSE.

Je le crois bien ! c'est un grenier, au sixième étage ! mais c'est égal, je ne suis pas fier, et je m'arrange assez d'être ainsi au-dessus de tous les autres ! j'y suis accoutumé d'ailleurs. Tous les maîtres que j'ai servis n'étaient mes supérieurs que pendant le jour; la nuit venue, je me plaçais bien au dessus d'eux, et ils n'avaient plus rien à me dire... chacun son tour dans ce monde, voyez-vous bien, la mère Bobêche, chacun son tour.

LA MÈRE BOBÊCHE.

Ah ! ah ! vous êtes bouffon, monsieur Paillasse.

PAILLASSE.

Il faut bien rire un peu. Ah ça ! mère Bobêche, combien me louerez-vous ce bel appartement ?

LA MÈRE BOBÊCHE.

Six escalins par mois, payés d'avance.

PAILLASSE.

Payer d'avance ! c'est ça qui est cher ! je le trouverais bon marché si je ne devais payer qu'en partant ; et je vous assure, mère Bobêche, qu'à cette condition, et sans marchander, je deviendrais votre locataire perpétuel. Mais puisqu'il vous faut de l'argent comptant, c'est une autre affaire ; je vous payerai demain. Aujourd'hui il est trop tard.

LA MÈRE BOBÊCHE.

Comment ! trop tard pour payer ! que voulez-vous dire ?

PAILLAISSE.

Trop tard pour aller courir en ville pour

chercher l'argent que mon maître me doit. Mais demain au jour j'irai, et je vous payerai.

LA MÈRE BOBÊCHE

Ah! vous êtes donc sans place, M. Paillasse; et vous n'avez pas d'argent? Je vous croyais dans une bonne maison, avec de bons gages, et même le tour du bâton assez rondement.

PAILLASSE.

Il est vrai, la condition n'était pas mauvaise, mais mon maître me retenait toujours mes gages pour payer quelque chose de cassé, quelques bouteilles de vin disparues... Que sais-je, moi? il y avait toujours quelque chose à dire, et au bout du mois, mon compte était bon, il ne me revenait rien, et je n'empochais jamais que le tour du bâton (*Il fait le geste de la main droite.*) comme vous dites, et cela ne m'a pas enrichi. N'importe, cette fois-ci il m'a renvoyé au milieu du mois, il doit me payer le mois en entier, et il ne pourra me retenir que quinze jours de dégâts, ainsi j'ai quinze jours de bon; vous voyez bien, mère Bobêche, que vous êtes en sûreté pour le payement.

LA MÈRE BOBÈCHE.

Ça n'est pas clair! allons, allons, payez ou bien allez vous en.

PAILLASSE.

Ah! mère Bobèche, laissez-vous toucher: (*il la frappe, elle crie ahi!*) laissez-vous donc toucher; ne me renvoyez pas à cette heure – ci! ne laissez pas cette nuit ce lit sans Paillasse; et puis, demain matin, vous verrez; je suis homme d'industrie, la nuit porte conseil... j'imaginerai quelque chose pour vous tirer d'affaire... Vous verrez, vous verrez.

LA MÈRE BOBÈCHE.

Allons, monsieur l'homme d'industrie, il est tard, une nuit est bientôt passée, je vous laisse ici. Mais si demain vous ne me payez un mois d'avance, vous n'y reviendrez plus. Bonne nuit. Ayez bien soin des meubles.

PAILLASSE.

Bonsoir la mère, je vais me coucher et dormir, pour rêver aux moyens de vous payer. Les meubles sont hors de danger, soyez tranquille.

SCÈNE II.

PAILLASSE (*seul.*)

Oh! quelle chambre... Qu'il y fait froid... La fenêtre ne ferme seulement pas. Les carreaux sont tout cassés... Quel lit !.. Quand j'y serai il y aura deux Paillasses, et puis c'est tout... avec cette belle couverture, cependant... voyez... Diable, il y a une cheminée aussi... On ne m'a pourtant pas l'air de faire une grande cuisine dans cet appartement... Cependant il y a eu du feu aujourd'hui... La cheminée est encore chaude... Voilà des cendres rouges... Eh ! cela me fait souvenir que j'ai dans ma poche les marrons qui étaient destinés au dessert de mon maître... Je les ai esbignés, il est vrai, mais ma conscience est en repos, parce que je suis bien sûr qu'il me les portera en compte. -- Si j'avais de quoi ravigoter un peu ce feu, je ferais griller la moitié de mes marrons pour mon souper. - Les autres seront pour mon déjeûner demain. - Eh ! l'idée est bonne. -Prenons quelques poignées de paille dans mon lit de plumes. — C'est ça... Prenez donc garde à mes meubles, M. Paillasse. (*Il contrefait la mère Bobéche.* — *Il met ses marrons dans les cendres, il place la paille dessus et y met le feu.*) Allons, mettons nos marrons là-dessus, et quand ils seront cuits, je souperai. — En attendant, je vais faire mon lit, car j'ai bien sommeil. (*Il remue sa paillasse en faisant des bouffonneries.*) Allons, Paillasse dessous, Paillasse dessus. (*Il se couche.*) Quel dommage, qu'il n'y ait pas quelque chose de doux... entre les deux Paillasses... un bon matelat, par exemple... me ferait un certain plaisir. (*Il baîlle.*) Le sommeil l'emporte sur l'appétit. — Le feu ne m'a pas paru extraordinairement violent. — Mes marrons ne brûleront pas. — Ils cuiront tout doucement. Ce sera pour mon déjeûné. — Bonsoir, bobone. Elle ne répond pas... elle dort déjà. — Moi aussi. — Je dors. (*A peine est-il endormi qu'un de ses marrons vient à faire explosion. Paillasse se réveille en sursaut et se met sur son séant.*) Hé bien! hé! quoi? Plait-li ? qu'est-ce qu'il y a? qui est-ce qui

m'appelle ? – On ne répond pas ? – J'ai pourtant entendu prononcer mon nom bien distinctement. – Ou bien c'est le cauchemar.
Je me rendors. (*D'autres marrons font
explosion ? Paillasse effrayé saute en bas
du lit, et se cache en un coin. Les explo-
sions continuent, et Paillasse s'apperçoit
enfin que ce sont ses marrons qui sautent,
et s'ecrie :*) Eh ! ce sont mes marrons que
je n'ai pas fendus ! (*Il veut s'approcher
pour les retirer, et à chaque fois qu'il s'avance une nouvelle explosion le fait reculer
en sautant. Enfin il arrive près de la cheminée en disant :*) Ça doit être fini, car
d'après le tapage, je crois qu'il y en avait
un cent. (*Il approche avec confiance, et au
moment où il se baisse et met la main
dans les cendres, le dernier marron saute,
et Paillasse tombe à la renverse.*) Ouf !
voilà le dernier cette fois ! – Me voilà bien
avancé. – Faut pourtant profiter de ce feu-
là. – A moi le reste des marrons de notre
maître ! – Cette fois, je n'y serai plus pris,
et je vais les fendre. (*Il fait quelques
bouffonneries en fendant ses marrons te*

les remet dans les cendres. Il reprend encore de la paille dans son lit en disant :) Pauvre Paillasse, ta maîtresse te trouvera bien maigrie demain matin! Mais aussi c'est que tu auras vu le feu! – Il y en a que ça change bien d'avantage, et qu'on ne reconnaîtrait plus s'ils revenaient chez eux; par exemple, ceux qui oublient leur tête sur le champ de bataille ! (*Pendant ce bavardage, il a arrangé ses matrons, et il se recouche.*) Et de trois? Mais pour cette fois, je vais joliment ronfler. – Tant pis pour ceux qui sont mes voisins. S'ils peuvent dormir à un quart de lieue de mon tapage, c'est qu'ils sont à l'abri de la bombe. – Bonne nuit, messieurs. (*Il s'endort.*)

SCÈNE III.

(*Le Chat et le Singe entrent par la fenêtre. Ils vont droit au lit de Paillasse, et le regardent dormir; ils lui font des niches, lui tirent sa couverture, la soulèvent, et tout en dormant il témoigne de l'impatience et de la frayeur. Le Singe*

met le chapeau et le sarrau blanc de Paillasse. Il va rôder autour du feu, et y ap-
percevant des marrons, il appelle le Chat
pour les tirer et les manger avec lui. Le
Chat y va en effet, et tire les marrons avec
sa patte. Ils les mangent en se disputant.
Enfin, en tirant un marron, le Chat se brûle
la patte, jette de grands cris, miaoux,
miaoux! fait de grands sauts, et passe sur le
lit de Paillasse, qui se réveille et court
par la chambre en grande frayeur; il se
jette dans le Singe, et s'écrie tout effrayé :)
Trois Paillasses dans la chambre!! miséricorde; messieurs, que voulez vous de moi?
il n'y a rien à prendre ici. Allez vous-en,
laissez-moi! (*Le Singe, se débarrasse du
chapeau et du sarrau, et alors Paillasse
reconnait que c'est à un Singe et à un
Chat qu'il a affaire, et se rassure. Cette
scène doit durer quelque tems à faire des
bouffonneries.*)

PAILLASSE (*rassuré et riant.*)

Ah! ah! ah! ah! c'est un gros Chat et
un Singe, échappés, qui sont entrés ici par

la fenêtre. - C'est un joli logement... en vérité. - Et mes marrons mangés ! ! c'est donc
le diable qui s'en mêle ! allez au diable ,
vilaines bêtes ! sauvez vous ! au chat ! pouh !
ils ont l'air enragés ! oh le vilain matou !

LE CHAT.

Miaoux , miaoux ! (*Il lui donne un coup
de griffe dans la jambe.*)

PAILLASSE.

Ahi ! ahi ! merci notre chat ! est-il gros !
quelles griffes ! miséricorde, ils ont l'air de
vouloir me dévorer comme mes marrons.
Pauvre misérable que je suis !

LE SINGE.

Kouï , kouï ! (*Il le pince.*)

PAILLASSE.

Holà ! hé ! comme tu pinces ! c'est pas de
jeu ça ! (*Le Chat et le Singe après lui avoir
fait quelques frayeurs, se retirent dans un
coin et paraissent se concerter ensemble, puis
ils ramassent des épluchures de marrons et
les lui montrent , en ayant l'air de lui demander si c'était à lui.*) Tiens ! les drôles

de bêtes, ils ont l'air de me demander si c'était à moi. (*S'adressant à elles.*) et oui, vraiment, c'était à moi. Vous avez dévoré mon souper. Vilaines bêtes. (*Aux mots vilaines bêtes, ils lui donnent des coups de griffes et des taloches, et s'enfuyent par la fenêtre.*) Ahi! Ahi! au secours.

SCÈNE IV.

PAILLASSE (*seul.*)

Ah! dieu merci, me voilà débarrassé de ces enragés. Je n'y comprends rien ; ils avaient un air d'intelligence entr'eux, qui avait quelque chose de diabolique. - Et puis, je n'ai jamais vu un si gros miamiaoux ; j'en suis tout effrayé. - Ouf! - Allons refermer la fenêtre, pour achever la nuit, s'il m'est permis, car en vérité, au train dont j'ai commencé, je ne sais comment ça finira. - Je ne pourrai jamais rêver aux moyens de tirer la mère Bobêche d'embarras avec moi. - Ah, bien oui! fermer la fenêtre! bien habile qui le pourrait! rien ne tient, rien ne ferme! brrrr! Qu'il fait froid. - Vîte, vîte couchons nous.

(*Il se remet au lit.*) Et ma couverture!
Pourvu que les maudits animaux ne revien-
nent plus. — Je ne dis plus bonsoir à personne, ça me porte malheur. — Et de quatre!
(*Il s'endort.*)

SCÈNE V.

(*Le Chat et le Singe rentrent par la
fenêtre en apportant du pain, du vin et
du fromage, et vont encore turlupiner
Paillasse, qui se réveille avec peine, et
qui enfin, en ouvrant les yeux, voit les deux
animaux, et se précipite au milieu de la
chambre en tenant sa couverture sur ses
épaules, et en criant : c'est encore eux ? au
secours ? mais bientôt il se rassure en voyant
le Chat lui offrir du fromage, et le Singe
lui présenter du pain et une bouteille de
vin.*)

PAILLASSE.

O, miracle! ne voilà-t-il pas qu'ils m'apportent à manger; on dirait qu'ils ont compris
qu'ils ont dévoré mon pauvre souper! (*S'adressant à eux.*) Est-ce pour moi, cela ? (*Ils*

font signe que oui.) Ouf ! ils me comprennent ! Voyons encore une fois. C'est donc parce-que vous avez mangé mes marrons que vous m'apportez ça ? (*Ils font signe que oui.*) Là ! quand je vous l'ai dit ! ils entendent tout ! — Ils ont le diable au corps ! mais pourtant ils ne sont pas si bêtes qu'ils en ont l'air ! (*Il prend les vivres, et boit un coup.*) Ce n'est pas là ce qu'on ap-pelle ordinairement payer en monnaie de singe ; voilà de la bonne monnaie !

SCENE VI.

(*Le Lapin entre aussi par la fenêtre, et va se placer près de Paillasse.*) Ohé ! en voilà encore un autre ! toute la ména-gerie est donc lâchée aujourd'hui ? quel gros Lapin. — Non, c'est un Lièvre ! — (*Le Lapin fait signe que non.*) Non ? tu es donc un Lapin ? (*Il fait signe que oui.*) C'est-ça, mon homme ! — En voilà encore un qui comprend le patois du pays !! Voyons : Est-ce que tu comprends aussi tout ce qu'on te dit, toi, mon gros Lapin ? (*Il fait*

252

signe que oui. Paillasse en est tout effrayé, et fait un saut en arrière.) Quand je vous dis qu'ils sont ensorcelés. — Ah ça mais, est-ce que je dors, ou suis-je bien éveillé ? j'en perds la tête ! Mais quel diable ont-ils donc à se concerter, et à se chuchoter ainsi à l'oreille ? Est-ce qu'ils parleraient tous la même langue ? Il ne manquerait plus que cela ! Est-ce que vous vous entendez tous entre vous, donc ? (*Ils font signe que oui.*) Ouf! ils me comprennent quand je leur parle, et ils se comprennent tous entr'eux ; c'est incroyable ! je fais là un singulier rêve ! j'ai beau me frotter les yeux, me secouer, ça n'y change rien. — Buvons toujours un coup, tout en rêvant. — J'aime autant ce rêve là qu'un autre. (*il boit.*) C'est du bon. — Ça me rend le courage. — Parlons-leur. — Or ça vous autres, puisque vous m'entendez, et que vous vous entendez si bien entre vous, vous parlez donc aussi ?

LE SINGE (*d'une voix forte.*)

Eh ! certainement, butor, que nous parlons ! Pour qui nous prends-tu donc ? (*Paillasse*

fait un saut en arrière, et tombe à la ren-
verse, sa frayeur est au comble ; il s'as-
seoit à terre ayant la tête baissée sur ses
genoux et criant :) Au secours, miséricorde !
je suis mort.

LE LAPIN.

Eh bien, dis donc ? pour qui nous prends-tu ?

PAILLASSE.

Pardi, je vous prenais pour des bêtes !
mais c'est le diable !

LE CHAT.

Pas si bête que tu crois ; c'est toi qui
es une bête !

PAILLASSE.

Ma foi, je le crois ! puisque les Lapins,
les Chats et les Singes parlent, moi je ne
serais plus surpris de marcher à quatre pattes.
(*Il s'y met en effet, et le Lapin monte*
sur son dos.)

LE LAPIN.

Marche à gauche, marche à droite.

LE SINGE.

Allons nigaud, lève-toi. Ne sais-tu pas

que c'est aujourd'hui mardi gras? eh bien, nous sommes les enfans de la maison; nous nous sommes déguisés pour nous divertir, et nous sommes entrés dans ta chambre par la terrasse sur laquelle donne ta fenêtre, pour nous moquer de toi!

PAILLASSE.

Ah! je commence à deviner! et c'est moi qui suis la bête!

LE LAPIN.

Puisque nous t'avons fait peur, nous aurons soin de toi; nous te donnerons de l'argent, et nous prierons papa de te prendre pour nous servir, et jouer avec nous.

PAILLASSE.

Ah! que tu parles bien pour un Lapin! va, quand on t'aura enlevé ta première peau... celle-ci, je veux dire... je t'embrasserai bien, et j'aurai soin qu'on te fasse cuire et manger... toujours les meilleurs morceaux... des laitues fraîches, et des macarons. — Ah! cher Singe, ah! cher Chat! — Ohé! ohé! la mère Bobêche, ohé! venez, reveillez-vous, venez vite, ohé! ohé! arrivez!

SCENE VII.

LES MÊMES, LA MÈRE BOBÈCHE.

LA MÈRE BOBÈCHE.

Eh bien! eh bien! me voilà, me voilà, quel tapage! qu'est-ce que vous me voulez? ah mon bon dieu! que de gens, et que de bêtes! qu'est-ce que c'est que tout cela?

PAILLASSE.

Eh bien, la mère Bobèche! quand je vous disais que la nuit porte conseil!.! voilà mon conseil qui est venu.

LA MÈRE BOBÈCHE.

Vous rêvez.

PAILLASSE.

Ah bien oui rêver! j'en ai bien eu le tems, (*Indiquant le public.*) demandez? Tenez, voilà d'honnêtes personnes qui sont mes répondans; vous voyez bien que vous n'avez plus rien à craindre?

LA MÈRE BOBÈCHE.

Comment? comment? vos répondans! un Chat! un Singe! un Lapin!

TOUS ENSEMBLE.

Mère Bobêche, c'est nous, c'est nous!

LA MÈRE BOBÊCHE (*effrayée.*)

Miséricorde, ayez pitié de moi! des bêtes qui parlent! le diable est là dedans. — A mon secours. A mon secours.

LE LAPIN.

Eh! mère Bobêche, je suis Pauline.

LE SINGE.

Je suis Alexandrine.

LE CHAT.

Et moi Louise.

LA MÈRE BOBÊCHE.

Ahi! ahi! je n'entends rien.

PAILLASSE.

Mère Bobêche, reconnaissez votre Paillasse; rappelez vos esprits.

LA MÈRE BOBÊCHE.

Oui, oui, ce sont des esprits!

PAILLASSE.

Et non, il n'y a pas d'esprit dans tout

ça. Ce sont les enfans de la maison déguisés pour le carnaval.

LA MÈRE BOBÊCHE.

Ah! ah! mais attendez donc, que je me remette un peu. Je commence à comprendre. Mon dieu, quelle frayeur j'ai eue?

LE SINGE.

Eh bien, mère Bobêche, nous repondons pour ce pauvre Paillasse. Laissez-le tranquille. Nous payerons pour lui. Allons nous coucher, car il est un peu tard.

LA MÈRE BOBÊCHE.

C'est bon, c'est bon, mes enfans; bon soir.

PAILLASSE.

Bon soir, mes bonnes petites bêtes.... mes bonnes petites filles... je veux dire. Bon soir. En vous remerciant bien. Je vais vous éclairer jusques chez vous, et puis je viendrai me recoucher pour la cinquième fois d'aujourd'hui, et en vérité ce ne sera pas par paresse.

Fin de la Nuit du Mardi Gras.

L'OURS

DE

CARNAVAL.

PARADE

JOUÉE PAR DES MARIONNETTES.

PERSONNAGES.

LA MARQUISE.

LE JARDINIER.

JEANNETTE.

NIGAUDINET.

La scène est dans un jardin du château de Cavrenne.

L'OURS

DE

CARNAVAL.

SCENE PREMIERE.

LA MARQUISE, LE JARDINIER.

LE JARDINIER.

Oui, madame la Marquise, c'est aujourd'hui que ce magot là doit venir pour épouser Jeannette! jarnigoi, si je le trouve dans mon jardin, je l'attache en espalier, et puis je l'y coupe toutes les branches qu'il a de trop! ça fra qu'il reverdira au printems!

LA MARQUISE.

Il n'a peut-être rien de trop, le pauvre diable! va, va, laisse-moi faire! je tacherai de le faire renvoyer sans violence!

LE JARDINIER.

Ce qu'il a de trop d'abord, c'est des écus, le compère ! et la belle mère les aime furieusement ! s'il n'en avait pas tant, on ne voudrait pas de lui ! il est si laid et si bête !

LA MARQUISE.

Tu le connais donc ?

LE JARDINIER.

Par ma foi non ! je ne l'ai jamais vu, dieu merci ! mais je parie qu'il est plus laid que le diable ! et bête, oh bête ! ça va sans dire ça, puisqu'il veut épouser une fille qui ne veut pas de lui ! on a déjà tant de mal, avec une femme qui dit qu'elle nous aime bien ! c'est bien pis, si elle ne le dis pas ! c'est bien plus pire encore, si elle dit qu'elle en aime un autre ! aussi, s'il l'épouse, il ne risque rien que de bien fermer la porte, et que le pn souvent ça ne m'empêchera pas d'entrer, ni elle de sortir ! car j'en somme déjà joliment convenus !

LA MARQUISE.

Mais oui ! d'après ce que tu me dis là,

il me semble, en effet, qu'il serait bien sot d'épouser Jeannette !

LE JARDINIER.

Oh ! c'est bien sûr ça, allez, madame la Marquise ! je vous le dis en confidence, il n'y a qu'un sot, ou bien moi, qui puisse épouser Jeannette ! et c'est pas que je suis sot, au moins ! pas si sot que d'être sot ! mais je vous le dis, parce que je sais ce qu'elle a dans l'âme, voyez vous ben ? alle n'a rien de caché pour moi, cette petite fille là, madame la Marquise, alle n'a rien de caché pour moi !

LA MARQUISE.

Allons, mon ami, puisque tu me donnes ainsi ta confiance, je te promets de faire tout ce que je pourrai pour faire réussir ton mariage ! je vais d'abord voir la mère de Jeannette pour lui parler, et tâcher de la décider en ta faveur !

LE JARDINIER.

Pardi, madame la Marquise, vous n'avez qu'un mot à dire pour ça ! vous n'avez qu'à lui dire comme ça, que vous li retirerez la

ferme et le moulin à la fin du bail qui ter-
mine, et vous verrez que putôt que de manquer
ce bail, alle me baillera sa fille ! c'est là tout
le secret pour réussir !

LA MARQUISE.

Eh bien ! je vais en me promenant jusques
chez elle, et je lui parlerai ! tu n'as qu'à te
retrouver ici dans un moment, et je te dirai
quelque chose du résultat de ma conversation avec elle !

LE JARDINIER.

Ah ! madame la Marquise, vlà qu'est parler ça ! ah ! que vous êtes une bonne maîtresse ! aussi je vous ferons joliment venir
des petits pois avant que personne n'en mange, quand je devrais les mettre en espalier
au coin de mon feu, pour qui mûrissions
pu vîte !

LA MARQUISE.

Attends-moi là !

LE JARDINIER.

Oh ! jarni ! je ne bouge non plus que le
rocher sur lequel est bâti votre château !

SCÈNE II.

LE JARDINIER (seul.)

Oh! la brave Marquise que cette dame là! alle est bonne! quoi! comme si alle était!.. Oh, mon dieu! tout de même quoi!.. aussi on l'aime! on l'aime!.. et si on osait! ah! ah! je crois bien, ma foi! (*Il rit.*) Oh! oh! oh! oh!.. mais je n'oserais jamais, quand même alle me dirait: Jardinier, qu'alle heure est-ce qu'il est à ton ognon? Eh ben non, là, je n'oserais pas li répondre comme je voudrais bien! et y serait stapendant midi, ous que le soleil est chaud et haut! (*D'un air sérieux.*) Ça vous a de trop belles robes, ces dames là! c'est d'sétoffes si délicates! ça craint les salissûres, les plissûres, les découtûres, et les chiffonnûres! on ne peut pas jouer comme ça! non! non! il n'y a pas moyen de badiner comme ça, (*Il éternue fort.*) Que le bon dieu vous bénisse, brave homme!

SCÈNE III.

LE JARDINIER, NIGAUDINET.

LE JARDINIER.

Tiens ! qu'est-ce que c'est donc que celui-
là, qui vient comme ça en traître par derrière ? Quoique vous voulez donc dans ce
jardin-ci !

NIGAUDINET.

Bah ! est-ce que je suis dans un jardin
ici ?

LE JARDINIER.

Je le crois bien ! est-ce que vous ne le
voyez pas ? et que c'est moi que j'en suis
le jardinier encore !

NIGAUDINET.

Je croyais que j'étais encore dans la forêt ;
dame, écoutez donc, il n'y a ni mur, ni
haye, ni fossé ; on peut ben se tromper.
Je gage que les loups s'y trompent aussi
pu d'une fois, et qu'il y en vient souvent ;
il y en a diablement dans ce pays ci ! et
j'en ai entendu de tous les côtés, et que
je ne les aime pas beaucoup.

LE JARDINIER.

C'est ben rare, quand il en vient ici!
mais y a queuque fois des grosses bêtes!
aujourd'hui par exemple *!*

NIGAUDINET.

Bah! y a des grosses bêtes, que vous dites,
et aujourd'hui justement que j'y suis!

LE JARDINIER.

Oui, oui, mais alles ne mangeont que
quand alles ont faim!

NIGAUDINET.

C'est pas r'assurant du tout ça! vous en
parlez bien à votre aise vous! on voit ben
que vons les connaissez et qu'alles vous con-
naissent, mais moi, c'est ben différent! je
ne suis pas de la paroisse! et pis j'ai de
l'argent sur moi! ça tente ça!

LE JARDINIER.

Eh bien *!* vous n'avez qu'à filer vite! ça
fra que vous ne serez pas ici quand alles
viendront!

NIGAUDINET.

Tiens, comme vous dites, ça vous! j'sis

échigné ! je ne peux pu aller que d'une patte ! il faut que je m'assise un moment ! (*Il s'assied.*)

LE JARDINIER.

Et où que vous allez donc comme ça ! c'est ti ben loin, bon-homme ?

NIGAUDINET.

Vous êtes bien familier ! tiens avec son bon-homme, celui là ! et pis vous êtes trop curieux ; je ne dis pas comme ça mes affaires à un inconnu que je ne connais pas.

LE JARDINIER (*à part.*)

Oh ! jarnigoi ! je gagerais que c'est mon homme ! il faut que je l'y greffe ma bêche dans la zanche !

NIGAUDINET.

Vous parlez tout seul, à qui donc que vous en avez ?

LE JARDINIER.

Je dis comme ça que je gagerais que j'ai deviné qui que vous êtes, quoique vous soyez furieusement changé, depuis que je ne vous ai jamais vu !

NIGAUDINET.

Bah! vous êtes sorcier donc, vous? voyons?

LE JARDINIER.

C'est ti pas vous, par hazard, qu'êtes le bêta qu'on attend aujourd'hui pour épouser mademoiselle Jeannette ?

NIGAUDINET.

C'est ça même! excepté que c'est pas moi, que je suis le bêta que vous dites! c'est pas mon nom!

LE JARDINIER.

Et comment donc que vous vous appellez?

NIGAUDINET.

Je suis Nigaudinet!

LE JARDINIER.

C'est bien ça! va! c'est tout idem!

NIGAUDINET.

Quoi que vous murmurez donc là ?

LE JARDINIER.

Je dis que vous avez déjà une belle coëffure pour un homme qui va se marier! (*Il a la queue en trompette.*) Y aura stapendant

queuque petite chose à y refaire ! on vous
rendra ce service là ! C'est ti pas vous par
hazard qui te fait sa queue toi-même ?

NIGAUDINET.

Oui vraiment que c'est moi qui me fait
sa queue soi-même ! c'est pour ça qu'elle va
si bien comme vous voyez ! et que c'est pas
facile du moins, que de se faire ma queue
lui-même !

LE JARDINIER.

Ah ! je crois bien ! faut du talent ! Je
nous y mettrons à deux, votre femme et
moi, pour vous aider !

NIGAUDINET.

C'est pas de refus ça ! ce qui fait que
c'est difficile, c'est que je l'ai au derrière,
voyez vous, de mon visage !

LE JARDINIER.

Oui, oui, elle serait pu facile à manier
si alle était par devant.

NIGAUDINET.

Ah ça ! dites moi donc, est-ce que je
tis encore loin de Garrenne ?

LE JARDINIER.

Ah! je crois bien! vous y tournez le dos! tenez, voilà le bout de votre queue qui vous enseigne le chemin! suivez toujours le bout de votre queue! une queue comme ça ne peut jamais vous mener à mal! ainsi retournez vous du côté d'ous que vous êtes venu (*Il le retourne.*) et marchez bon pas si vous voulez arriver ce soir! il y a pu de deux lieues d'ici!

NIGAUDINET.

Bah! voyez un peu que je sis bête, de m'être trompé comme ça! allons, merci mon ami! je m'en va par là! vous m'avez rendu là un fameux service, car je me serais trouvé le soir dans les bois, ous qu'on entend hurler les loups!

LE JARDINIER.

Oui, prenez par là, à gauche, et puis à droite, et puis en face, et surtout ne vous retournez pas! (*A part.*) Et que le diable t'emporte, et te casse la margoulette!

NIGAUDINET.

Merci, mon ami, merci!

LE JARDINIER.

Gnia pas de quoi, en conscience!

SCENE IV.

LE JARDINIER (*seul.*)

Oui, oui, cours et tâche de dégringoler dans la rivière pour donner à souper aux brochets! ça me donnera toujours un peu de répit de l'avoir envoyé courir comme ça! ah! voilà madame la marquise!

SCÈNE V.

LE JARDINIER, LA MARQUISE, JEAN- NETTE.

LA MARQUISE.

Eh bien, jardinier, voilà qui est convenu avec la mère de Jeannette! mais elle dit qu'il faut que Nigaudinet y consente aussi, parce qu'autrement elle aurait un dédit de cent écus à lui payer!

NIGAUDINET.

Et comment obtenir son consentement?

JEANNETTE.

Il faut trouver queuque subterfuge !

LA MARQUISE.

C'est bien facile, il ne faut qu'y penser un instant !

LE JARDINIER.

Je n'ai pas perdu mon tems ici en vous attendant, madame la Marquise ! j'ai eu le plaisir d'envoyer promener mon homme *!*

LA MARQUISE.

Quel homme ?

LE JARDINIER.

Eh *!* le prétendu donc ! il est venu ; aussitôt qu'il s'est nommé je me suis douté que c'était lui, et je l'y ai montré le chemin du château en l'y tournant le dos comme ça, et il est parti ben vite, crainte de se trouver le soir dans nos bois !

JEANNETTE.

Qu'est-ce qu'il craint donc ?

LE JARDINIER.

Mon dieu *!* il craint pour sa peau ! il croit

qu'il y a des bêtes féroces qui le mange-
riont, si alles le rencontriont après l'angelus!
il ne se gêne pas pour dire qu'il en a une
fière frayeur.

LA MARQUISE.

Il a peur dans nos bois! ah! ah! le nigaud!

LE JARDINIER.

Ah! madame la Marquise! il a encore l'air
pu bête que je ne croyais, comme je vous
disais tantôt! il a l'air si bête, si bête!
enfin quoi, qu'il a l'air fait exprès!

LA MARQUISE.

Tant mieux! c'est bon à savoir! il nous
sera d'autant plus facile de lui tendre quelque piège pour obtenir qu'il renonce de lui
même à Jeannette!

JEANNETTE.

Ah! mon dieu! c'est ti pas lui que je vois
là bas qui parle à la mère Bobinette?

LE JARDINIER.

Et sûrement que c'est li! jarnigoi le vlà
qui se retourne, et qui revient par ici! alle
lui aura dit son vrai chemin! c'est ti pas
le diable qui s'en mêle?

275

LA MARQUISE.

Ecoute! puisqu'il s'est figuré qu'il y avait ici des bêtes féroces, et qu'il parait aussi poltron que bête, cela me donne une idée! va-t-en vîte au château, et mets-toi dans la peau d'ours qui a servi au dernier carnaval, et viens t'en rôder ici autour! tu feras l'ours bien dressé qui obéit à mon commandement! tu comprends!

LE JARDINIER.

Oui da, je comprends bien! vous allez voir! je sis ici dans une minute! (*Il sort.*)

SCENE VI.

LA MARQUISE, JEANNETTE.

JEANNETTE.

Mon dieu, madame la Marquise, que vous êtes bonne de prendre ainsi mon mariage sous votre protection! sans vous je serais bien malheureuse!

LA MARQUISE.

Tais-toi, voici monsieur Nigaudinet! Il a une bonne mine en effet!

SCENE VII.

LES MÊMES, NIGAUDINET.

NIGAUDINET.

Mesdemoiselles, pourriez-vous bien me dire ce que c'est que ce pigeonnier là, qu'on voit là bas, c'est à dire là haut sur le rocher!

LA MARQUISE.

L'impertinent! C'est un château!

NIGAUDINET.

Ah! excusez, mademoiselle! c'est ti pas le château de Cavrenne?

JEANNETTE.

Peut être ben! c'est selon ce que vous lui voulez!

NIGAUDINET.

Ce que je veux? mais ils voulont tous savoir ce que je veux! c'est drôle ça! eh ben! je veux me marier!

JEANNETTE.

Est-ce que vous êtes à marier? vous n'avez pas l'air de ça!

NIGAUDINET.

Tiens *!* et quel air que j'ai donc ?

JEANNETTE.

Oh rien ! mais c'est que vous avez ben l'air de l'être déjà *!*

NIGAUDINET.

Tiens ! en vlà d'une autre ! est-ce que c'est un air ça ? avèc son, que j'ai l'air de l'être !

JEANNETTE.

Oh ! mais c'est que vous en avez vraiment déjà tout l'air ! aussi ça ne peut pas vous manquer ! comptez la dessus, bon homme !

NIGAUDINET (*à la Marquise.*)

C'est ti votre fille ça , mademoiselle ?

LA MARQUISE.

Non, c'est ma femme de chambre *!*

NIGAUDINET.

Eh bien, mademoiselle, vous avez là une femme de chambre que je ne voudrais pas à mon service ! alle est trop méprisante *!* vous, qu'avez l'air meilleure personne , pour-

riez-vous me faire le plaisir de m'indiquer
ous qu'est mademoiselle Jeannette ?

LA MARQUISE.

La voilà, c'est elle même.

JEANNETTE.

C'est moi, quoique vous me voulez ?

NIGAUDINET.

Bah! c'est pas de jeu ça! c'est tricher!
fallait donc me dire d'abord que c'était vous
qu'était mademoiselle Jeannette. Je vous aurais fait un compliment que j'avais appris
tout exprès! car c'est moi que je suis Nigaudinet, et que je viens pour vous épouser!
je suis si étourdi de ce coup là, que je
ne sais pu me souvenir de mon compliment!
ça commençait par : *Mademoiselle*! oui, je
crois ben me rappeler que c'est comme ça
que ça commençait!

JEANNETTE.

Oui! vous m'en avez fait de beaux, des
compliments! grand merci! j'espère bien,
qu'après ça, vous allez repartir plus vite
que vous n'êtes venu! le cœur ne vous disait
donc pas que c'était moi ?

NIGAUDINET.

Oh! ce que j'ai dit, c'était pas pour vous, c'est une autre affaire ça, voyez vous? ça ne compte pas, puisque je ne savais pas votre nom! c'est clair ça! le cœur me disait ben queuque petite chose! les cœurs sensibles, ils s'entendent de loin ceux là!

JEANNETTE.

Ah! oui, et de plus d'une lieue encore; mais c'est quand les chemins sont beaux, et y sont ben mauvais de chez vous chez nous, à ce qu'il me semble, monsieur Nigaudinet!

NIGAUDINET.

C'est donc ça, mademoiselle, qu'est madame la Marquise?

LA MARQUISE.

Oui, monsieur!

NIGAUDINET.

Eh bien donc, excusez, si j'ai appelé votre château un pigeonnier, c'est qu'il est perché un peu haut; et pis sûrement que je me sis trompé parce que je voyais deux pigeon;

nes qu'en étiont si près *!* c'est ça qui m'a donné la barlue !

LA MARQUISE.

Ah ! Jeannette, voilà un beau compliment cette fois *!* et j'en ai ma part ! Ah ! j'apperçois Jasmin qui vient par ici *!* Jasmin ! Jasmin *!*

SCÈNE VIII.

LES MÊMES, LE JARDINIER.

NIGAUDINET (*effrayé en voyant l'ours.*)

Ohé ! sauf qui peut ! voilà une grosse bête qui va nous manger ! laissez-moi me cacher derrière vos cottes !

LA MARQUISE.

Eh bien donc, monsieur Nigaudinet, pour- quoi donc se cacher !

NIGAUDINET (*dans la plus grande frayeur.*)

Et cet ours là, donc ?

LA MARQUISE.

Eh bien, cet ours ? pourquoi vous fait-il peur ? c'est mon valet de chambre !

NIGAUDINET.

C'est votre valet de chambre! ah jarni,
qu'il a une laide livrée!

LA MARQUISE.

Il est bien élevé; il est poli, quand on
l'est envers lui, allez lui gratter l'oreille,
vous verrez!

NIGAUDINET.

Il n'y a pas de nécessité; je n'oserais
jamais; merci.

LA MARQUISE.

Il le faut bien.

NIGAUDINET.

Non, vraiment, il ne le faut pas. J'ai vu
des ours qu'on approchait, et qui dansiont,
mais i zétiout muselés, et celui-là ne l'est
pas; et encore que je n'étais pas de ceux
qui alliont les caresser; je n'y ai jamais
eu confiance, voyez vous? j'aime mieux jouer
avec un petit pigeon, en fait d'animaux
carnassiers.

LA MARQUISE.

Il faut prendre votre parti, et puisque

vous devez vivre avec lui, il est bon de
s'y habituer de bonne heure.

NIGAUDINET.

Non, ma foi, je ne veux point vivre avec
lui, quelle diable d'idée que vous avez donc
là ?

LA MARQUISE.

Cependant, pour épouser Jeannette, qui
est ma femme de chambre, il faudra bien
habiter le château, et mon valet Jasmin y
est toujours !

NIGAUDINET.

Ah ! mon dieu ! mon dieu ! qui aurait jamais deviné ça ! voyons ! faut donc que
j'aille lui gratter l'oreille tout doucement ?
(*Il y va sur la pointe des pieds, et reçoit
un grand coup de poing.*) Ahi ! ahi ! je
suis mort ! cachez-moi, madame la Marquise !

JEANNETTE.

C'est que vous êtes un maladroit ! vous
lui aurez marché sur la patte ! allez la lui
baiser !

NIGAUDINET.

Ben obligé ! suffit comme ça ! je n'y retourne plus !

JEANNETTE.

Vous ne voulez donc pas m'épouser?

NIGAUDINET.

Si fait, vraiment! stapendant, dans ce moment-ci, je ne me sens pas de noce du tout!

JEANNETTE.

Allez donc vite! s'il vous voit lui faire des grimaces, il croira que vous l'insultez, il vous prendra en grippe, et on ne pourra plus le retenir!

NIGAUDINET.

Ah! quel camarade vous avez là, mademoiselle Jeannette!

JEANNETTE.

Mais, il est très poli pour moi! très attentif! tenez, regardez! je m'en vais lui dire qu'il vienne me baiser la main; vous allez voir comme il viendra! viens, Jasmin, viens! (*Il lui baise la main.*)

NIGAUDINET (*furieux.*)

Je ne veux pas qu'il vous baise rien,

19

moi, mademoiselle ; je n'aime pas ces privautés
là avec un ours! (*L'ours lui donne un
coup de poing.*) Ouf! la, la! retenez donc
votre valet de chambre, madame la Marquise,
il est bien familier !

LA MARQUISE.

Ne l'effarouchez pas, car je n'en serai
plus maîtresse !

NIGAUDINET.

Vous disiez qu'il était si bien élevé !

LA MARQUISE.

Eh oui vraiment ! voulez vous le voir
danser?

NIGAUDINET (*riant bétement.*)

Oh! oh! oh! oh! oui, oui ! je voudrais
bien voir ça; c'est sûrement la danse de
l'ours qu'il sait ! je gagerais qu'il n'en sait
pas d'autre !

LA MARQUISE.

Je vous demande pardon; il va valser
avec vous si vous voulez.

NIGAUDINET.

Non pas, non pas ! je n'aime pas la valse,
me fait tournisse.

LA MARQUISE.

Eh . bien donc ! il va danser un petit ménuet ! Allons, Jasmin., un petit ménuet, mon
ami, pour monsieur Nigaudinet ! (*L'ours
danse avec un bâton*, *et finit par en donner
un grand coup à Nigaudinet qui tombe à
terre.*)

NIGAUDINET.

Ahi ! ahi ! je suis mort *!*

LA MARQUISE.

Q'avez vous donc ? est-ce que vous tom-
bez du haut mal ?

NIGAUDINET.

Eh non ! de par tous les diables ! est-ce que
vous n'avez pas vu que je suis tombé de son
grand bâton ? ah ! quel Jasmin que vous
avez là ! jolie petite fleur *!*

LA MARQUISE.

Monsieur Nigaudinet, voilà l'ours qui vient
de me dire à l'oreille, que puisqu'il a dansé
pour vous faire plaisir, vous deviez chanter à
votre tour, pour lui rendre attention pour
attention ! cela me parait assez juste !

NIGAUDINET.

Il a dit ça ?

LA MARQUISE.

Sans doute ?

NIGAUDINET.

Il parle donc ?

LA MARQUISE.

A sa manière ! voulez vous qu'il vous dise un mot à l'oreille ?

NIGAUDINET.

Non, non, mordié ! qu'il se tienne là bas !

LA MARQUISE.

Le voilà qui s'impatiente de ce que vous ne chantez pas !

NIGAUDINET.

Oh ! bien, tant pis pour lui ! je ne suis pas en train de chanter aujourd'hui, et je ne chanterai pas ! (*L'ours lui donne un grand coup.*) Ahi ! ahi ! au secours ! mais est-il assez taquin donc, ce grand chien là ?

LA MARQUISE.

Vous le voyez, il se fâche ! vous allez

vous en faire un ennemi! tandis qu'il ne
tiendrait qu'à vous de bien vivre avec lui!

JEANNETTE.

Eh sûrement, il ne s'agit que de savoir
bien le prendre, pour en faire tout ce qu'on
veut!

NIGAUDINET.

Renseignez-moi donc par ous que vous
le prenez, mademoiselle, pour lui faire faire
tout ce que vous voulez!

JEANNETTE.

Volontiers, je vous le dirai! je le prends
par les bonnes manières!

NIGAUDINET.

Ah! ah! c'est par là que vous le prenez!
et il se laisse faire? la pauvre petite bête;
qu'elle est gentille.

JEANNETTE.

Il est doux comme un mouton!

NIGAUDINET.

A propos de mouton! pisqu'il faut absolument que je chante, pour faire plaisir à
monsieur Jasmin, je serais bien aise de

savoir d'abord si vous aimez le mouton, madame la Marquise ! vous devez aimer le mouton, vous qu'aimez les bêtes féroces !

LA MARQUISE.

Sans doute ! pourquoi cette question ?

NIGAUDINET.

Ah ! c'est que je viens de l'Ardenne, voyez vous, et que c'est là qui gnia du bon mouton !

LA MARQUISE.

C'est vrai ! et bien ?...

NIGAUDINET.

Eh bien ! c'est que je sais une chanson de l'Ardenne ous qui gnia du mouton ! (*L'ours, qui est venu se placer près de lui sans qu'il le voye, se met à rire très haut :* ah ! ah ! ah ! ah ! *Nigaudinet dans le plus grand effroi se sauve de l'autre côté pour mettre la Marquise entre l'ours et lui ; il crie :*) Ohé ! ohé ! au voleur ! au voleur !

JEANNETTE.

Qu'est-ce que vous avez donc, monsieur ? Jasmin vous fait peur, même quand il rit

NIGAUDINET.

Dame, c'est qu'il rit un peu fort, au moins!
et pis, c'est que je ne sis pas encore accoutumé à sa filosomie, voyez vous! ni à la cou-
leur de son teint; ça viendra peut-être pu
tard! mais je crois qu'il faudra peut-être
longtems pour ça! d'ailleurs je ne joue pas
avec lui, moi! qu'il aille jouer avec ses pa-
reils!

LA MARQUISE.

Allons! chantez nous votre chanson, où
il y a du mouton d'Ardenne! c'est sûrement un plat de votre métier!

NIGAUDINET.

Tout juste, madame la Marquise! c'est
ça même! c'est moi que je l'ai faite! ah
ça, tenez bien votre Jasmin, car s'il passe
de mon côté, ça me troublera, et je ne
pourrai pu chanter; d'ailleurs j'ai la voix
forte, et il vaut mieux l'entendre de loin
que de près! dites-li ben ça, puisque c'est
pour lui que je va chanter!

LA MARQUISE.

C'est entendu!

NIGAUDINET.

Ah çà! écoutez ben! mais ne m'interrompez pas! car le plus difficile pour moi, c'est de me mettre en train! une fois que j'y sis, ça va encore! mais drès qu'on m'arrête, ça ne reprend plus! Attention! vlà que je vas partir! (*Pendant qu'il tient ce discours, l'ours fait le tour, et vient se placer près de lui, sans qu'il s'en apperçoive*) C'est sur l'air: *Quand le bien aimé reviendra:*

Petits moutons quand vous paîtrez...

L'OURS (*riant très-fort.*)

Ah! ah! ah! ah!

NIGAUDINET (*saute en arrière, et se sauve de l'autre côté.*)

Miséricorde! ah çà! c'est pas de jeu ça! puisque vous avez lâché votre Jasmin, je ne chante plus! il m'a coupé le sifflet!

LA MARQUISE.

Monsieur l'Ardennais, mon ami, vos petits moutons sont des cochons! fi donc, la vilaine chanson; est-ce que l'on dit de ces choses là? (*L'ours va tout près de lui sans qu'il*

s'en apperçoive, et rit en lui appliquant
fortement sa patte sur l'épaule) Oh! oh!
oh! oh!

NIGAUDINET *(se sauvant encore de l'autre côté.)*

Ahi! ahi! c'est fini de moi! Ah! ça mademoiselle Jeannette, c'est fini cette fois-ci!
puisqu'il faut vivre avec ce butor là en
vous épousant, je ne veux pu de vous!

LA MARQUISE.

Vous ne voulez plus de Jeannette? mais
il y a un dédit à payer pour renoncer ainsi!

NIGAUDINET.

Ah! par ma foi, je le payerai, plutôt
que d'avoir monsieur Jasmin pour garçon
de noce!

LA MARQUISE.

Me chargez-vous de le dire à la mère de
Jeannette?

NIGAUDINET.

Oui, oui, de grand cœur!

LA MARQUISE.

Songez qu'il ne faudra pas me démen-
tir ensuite!

NIGAUDINET.

Oh! je n'ai garde vraiment! et tenez, mademoiselle Jeannette, voilà mes cent écus de
dédit, comme quoi ne me dédirai plus de
mon dédit! j'aime pas les filles qui fré-
quentont les ours!

JEANNETTE.

Grand merci, monsieur Nigaudinet! comme ça donc, pisque vous m'avez rendu la
parole de ma mère, je peux me régaler du
plaisir d'épouser Jasmin

NIGAUDINET.

D'épouser Jasmin? ce Jasmin là, que vlà
là? miséricorde! ah! ça! dites donc, queu
race que vous ferez à vous deux?

L'OURS.

De pu beaux que vous, loup garou!

NIGAUDINET (*effrayé.*)

Ah! ohé! le vlà qui parle comme un
homme!

L'OURS.

Et si je n'avais pas cette peau d'ours sur
le corps, tu verrais que je serais pu bel
homme que toi encore!

NIGAUDINET.

Ah! stilà qui t'arracherait ta peau me ferait un fier plaisir, va! je donnerais encore bien cent écus pour que tu sois écorché tout vif, pour l'amitié que je te porte!

L'OURS.

Donne les cent écus, et tu vas voir.

NIGAUDINET.

Oui, je vas te les donner, va! comptes-y! le pu souvent que ce sera, c'est jamais. Tu filerais avec mes écus, toi et ta peau!

L'OURS

Tu te défies de moi? et ben donne-les à madame la Marquise, et je m'arrache moi-même la peau dans le moment.

NIGAUDINET.

Toute entière?

L'OURS.

Toute entière; il ne m'en restera pas un poil.

NIGAUDINET.

Va! voilà les cent écus, madame. (*À part à la Marquise.*) S'il est si bête que

de s'écorcher, il en crèvera, et je r'aurai
mes cent écus-ci, et j'épouserai Jeannette
pour r'avoir mes cent écus-là! c'est une
une bonne affaire!

LA MARQUISE.

C'est fort bien conçu! allons, Jasmin,
j'ai les cent écus!

L'OURS.

Allons, Jeannette, pour faire pu vite, viens
m'aider à me déboutonner, car ça n'est pas
facile avec les mains garnies comme je les ai!

JEANNETTE.

Volontiers, monsieur Jasmin!

(*L'ours et Jeannette passent un instant
dans la coulisse.*)

NIGAUDINET (*riant.*)

Ah! ah! ah! ah! en v'là d'une bonne,
par exemple! elle va l'aider à se déboutonner! nous allons voir queuque chose de
beau! est-il bête, d'ôter sa peau pour cent
écus? il va joliment avoir froid, quand il
n'aura pu son viz-chouraz! ah! ah! ah! ah!

LE JARDINIER (*rentre en tenant Jeannette
d'une main, et sa peau de l'autre; il la*

jette sur le dos de Nigaudinet qui s'en effraye.)

Tiens, nigaud, voilà ma peau! madame la Marquise, à moi les cent écus, s'il vous plait, j'ai gagné!

LA MARQUISE.

Cela me parait fort juste; tenez, Jasmin!

NIGAUDINET.

Bah! v'là comme sont les ours quand on les a écorchés! ah ben, ma foi, je ne l'aurais jamais cru! moi qui croyais...

TOUS (*riant.*)

Ah! ah! ah! ah!

NIGAUDINET.

Ah! comme cet ours là ressemble au jardinier de tantôt, qui m'a indiqué le chemin par là, tandis que c'était par ici!

LE JARDINIER.

Je crois ben que je l'y ressemble, pisque c'est moi-même.

NIGAUDINET.

V'là donc déjà deux fois que vous changez de peau aujourd'hui vous ? il parait que ça vous fait plaisir.

TOUS.

Ah ! ah ! ah !

LA MARQUISE.

Vous voyez bien, mon ami, que ces jeunes gens-là s'aimaient, et qu'ils se sont entendus pour se moquer de vous. Tenez, voilà qui est fini pour le mieux, car vous êtes débarrassé d'un mariage qui n'aurait pas été heureux.

NIGAUDINET.

Oui, mais mon argent donc ? il ne m'embarrassait pas du tout.

LA MARQUISE.

Allons, allons, c'est marché donné que de se racheter de l'esclavage et du malheur pour vingt-cinq louis. D'ailleurs, c'est de votre plein gré que vous avez donné cette somme.

LE JARDINIER.

Bon homme, moi que je suis poli comme un ours, je vous offre de vous prêter quelques écus pour faire votre route, si vous voulez partir sur le champ, et par le pu court chemin.

NIGAUDINET.

Ben obligé; il me reste encore queuque petite chose devant moi; c'est tout ce qu'il me faut pour faire les dix lieues d'ici cheux nous, ous que les filles ne se laissont pas fréquenter par les animaux féroces; elles se contenteront de ce qui me reste, et je serai pu heureux que de venir me marier comme ça dans des pays inconnus, ous que les gens changeont de peau comme y voulont.

LE JARDINIER.

Mais, l'ami, il ne tient qu'à vous de changer de peau aussi, si vous vouiez; avez-vous encore cent écus?

NIGAUDINET.

Oui, prend garde de le perdre!

LE JARDINIER.

Vous n'auriez qu'un mot à dire, je vous ferais l'opération en un instant!

NIGAUDINET

Merci, merci! cette peau-ci est faite exprès pour moi! elle me va fort bien! j'en suis content! j'y tiens beaucoup! bon soir, bon soir, la compagnie! (*Il sort.*)

TOUS.

Bon voyage, monsieur Nigaudinet, bon voyage !

SCENE IX ET DERNIÈRE.

LA MARQUISE, LE JARDINIER, JEAN-NETTE.

LA MARQUISE.

Eh bien ! mes enfans, voilà la journée terminée plus gaiment que nous ne pensions !

LE JARDINIER.

Ah ! madame la Marquise, que je vous remercions bien !

JEANNETTE (*au Jardinier.*)

Ah ! ça, mon ami, il ne faut plus changer !

LE JARDINIER.

Ah ! Jeannette, je ne changerai non plus que de peau, je te le promets !

LA MARQUISE.

Allons, mes enfans, faire part de tout ceci à vos parens, et que la noce se fasse bientôt.

Fin de l'Ours de Carnaval.

TABLE

DES PIÈCES CONTENUES DANS CE VOLUME.

Fin de la table du premier volume.

www.ingramcontent.com/pod-product-compliance
Lightning Source LLC
Chambersburg PA
CBHW072119020726
47501CB00003B/888